Manfred Krüger

Ästhetik der Freiheit

Manfred Krüger

ÄSTHETIK DER FREIHEIT

Gedankenschau und Kunst-Gedanken

Verlag am Goetheanum

Einbandgestaltung unter Verwendung eines Siebdrucks
von Gerhard Wendland

Gesamtherstellung: Freiburger Graphische Betriebe

ISBN 3-7235-0547-3

Inhalt

III. Denksätze

I.

Schillers Briefe «Über die ästhetische Erziehung des Menschen»

Durch die Schönheit wird der sinnliche
Mensch zur Form und zum Denken geleitet;
durch die Schönheit wird der geistige
Mensch zur Materie zurückgeführt
und der Sinnenwelt wiedergegeben.

Friedrich von Schiller

Schönheit und Wahrheit

Schiller bezieht sich auf Kant, aber er setzt sich von ihm auch deutlich ab, vorzugsweise in der Methode. So schreibt er am 13. Juli 1793 an den Fürsten von Augustenburg: «Manchen kantischen Sätzen gibt die strenge Reinheit und die scholastische Form, in der sie aufgestellt werden, eine Härte und eine Sonderbarkeit, die ihrem Inhalte fremd ist, und, von dieser Hülle entkleidet, erscheinen sie dann als die verjährten Ansprüche der allgemeinen Vernunft.» Ähnlich heißt es im ersten der in den Horen veröffentlichten Briefe: «Um die flüchtige Erscheinung zu haschen, muß er sie in die Fesseln der Regel schlagen, ihren schönen Körper in Begriffe zerfleischen, und in einem dürftigen Wortgerippe ihren lebendigen Geist aufbewahren. Ist es ein Wunder, wenn sich das natürliche Gefühl in einem solchen Abbild nicht wiederfindet, und die Wahrheit in dem Bereiche des Analysten als ein Paradoxon erscheint?»

Der Philosoph und Wissenschaftler zergliedert und kann analysierend die Schönheit in ihrem Wesen ebensowenig begreifen wie der Künstler, der zwar den Wesensbezug zur Kunst hat, dem aber begriffliche Klarheit mangelt. Worum es Schiller in seiner Ästhetik geht, sagt er in der Ankündigung der Horen: «Man will streben, die Schönheit zur Vermittlerin der Wahrheit zu machen, und durch die Wahrheit der Schönheit ein dauerndes Fundament und eine höhere Würde zu geben.» Wissenschaft und Kunst haben sich zum Schaden beider im Laufe der Geschichte voneinander entfernt. Die Scheidewand, die sie trennt, aufzuheben, ist im Sinne Schillers eine vorzügliche Aufgabe der Wissenschaft vom Schönen, die solchermaßen zur «schönen Wissenschaft» wird. Nicht zufällig hat Schiller seine Briefe in den Horen mit eben dieser Zielsetzung veröffentlicht. Und wenn sie nachlässigerweise verkürzt als «Ästhetische Briefe» zitiert werden, so ist dies dem Sinne nach nicht falsch. Sie sind ein Exemplum «schöner Wissenschaft».

Dialektik der Aufklärung

Schiller stellt seiner Ästhetik – in der Horen-Fassung – einen Satz von Rousseau voran, der die Polarität von Verstand und Empfindung thematisiert:

> Si c'est la raison, qui fait l'homme,
> c'est le sentiment qui le conduit.
> Der Verstand macht den Menschen zum Menschen,
> aber die Empfindung lenkt ihn.

Der Verstand steht in Polarität zur Sinnesempfindung, die den Menschen ursprünglich bestimmt. Die Sinne bestimmen auch weithin, was der Verstand zu denken hat. Schiller hebt den Gegensatz auf, indem er einen dritten, mittleren Bereich hervorhebt, den er in siebenundzwanzig Briefen unter dem Leitbegriff der Freiheit bedenkt. Schillers Ästhetik ist eine Ästhetik der Freiheit.

In seiner Frühzeit war der Mensch nicht frei, sondern eingebunden in die Naturnotwendigkeit. Im 17. Jahrhundert erlebte Descartes seine Existenz im Denken unabhängig von der Natur. Das 18. Jahrhundert ist in der Nachfolge von Descartes das Jahrhundert der Aufklärung, der Herrschaft des Verstandes. Schiller erlebt die Dialektik der Aufklärung, wenn er schreibt: «Indem der spekulative Geist im Ideenreich nach unverlierbaren Besitzungen strebte, mußte er ein Fremdling in der Sinnenwelt werden, und über der Form die Materie verlieren.» Der reine Denker findet sein Ich, aber er verliert die Welt. Das gilt auch für den Naturwissenschaftler: sonst gäbe es keine Umweltkatastrophen.

Im Sinne Schillers ist die Einseitigkeit im Prozeß der Aufklärung nicht nur zu bedauern, sondern ein notwendiger Entwicklungsschritt in der Menschheitsgeschichte: «Einseitigkeit in Übung der Kräfte führt zwar das Individuum unausbleiblich zum Irrtum, aber die Gattung zur Wahrheit.» Der Verstand kann sich nicht besser üben als abgezogen von der Natur. Aber die so gewonnene Freiheit ist Notwendigkeit des Geistes; so daß die Seele oder das Ich des Menschen – Schiller gebraucht meistens den Ausdruck Gemüt – die eine Notwendigkeit nur mit einer zweiten, wenn auch höheren, vertauscht hat. Ziel der Entwicklung ist aber im Denkblick Schillers nicht die eine und nicht die andere Notwendigkeit, sondern Freiheit. Schiller erweitert das Aufklärungsprinzip, indem er die Freiheit aus einem mittleren Zustand hervorgehen läßt, der die Polarität umfaßt und erhöht. Ziel der Entwicklung ist der freie Geist. Aber Schillers Ästhetik zeigt, «daß der Mensch, um sich als Geist zu erweisen, der Materie nicht zu entfliehen» braucht.

Platon lehrte: Zur Erkenntnis des Ewig-Wahren, Guten und Schönen ist der Leib nur hinderlich. Man muß die Sinneswelt verlassen, um ins Reich der Ideen aufzusteigen.

Die gleiche Anschauung, nur schärfer formuliert, findet sich bei Descartes: Das Ich erfaßt sich selbst, indem es die Welt negiert. Ich bin ewig, aber nur als Denkseele.

Schiller lehrt: Ich kann das Ewige schon im Vergänglichen fassen – im schönen Schein der Kunst. Diesen Grundgedanken, den später Baudelaire und Steiner als Ansatz einer modernen Ästhetik aufgreifen, entwickelt er in einer dialektischen Bewegung der drei anthropologischen Leitbegriffe sinnlicher Trieb, Formtrieb und Spieltrieb.

Sinnlicher Trieb und Formtrieb

Schiller sieht das Wesen des Menschen wie auch seine geschichtliche Entwicklung zunächst durch zwei Grundtriebe bestimmt: den sinnlichen Trieb und den Formtrieb.

Der sinnliche Trieb, den er auch Stofftrieb nennt und in der Horen-Fassung Sachtrieb, schränkt den Menschen ein in die Zeit und macht ihn materiell. Unter Materie versteht Schiller «Veränderung oder Realität, die die Zeit erfüllt». Der sinnliche Trieb fordert, «daß Veränderung sei, daß die Zeit einen Inhalt habe. Dieser Zustand der bloß erfüllten Zeit heißt Empfindung, und er ist es allein, durch den sich das physische Dasein verkündigt.» Der sinnliche Trieb geht auf Realität des Daseins, Inhalt der Erkenntnis und Zweck des Handelns.

Der Formtrieb behauptet demgegenüber die Person. Darunter versteht Schiller das ewige Ich. Wenn der sinnliche Trieb die Empfindung fördert, so der Formtrieb die Vernunft. Er hebt die Veränderung auf und dringt auf Wahrheit und Recht. Der sinnliche Trieb macht Fälle, der Formtrieb Gesetze. Der Formtrieb betont das Geistprinzip.

Zwar sagt nun Schiller: Wo «der Formtrieb die Herrschaft führt ... da ist höchste Erweiterung des Seins.» Dennoch denkt er beide Grundtriebe im Menschen als echte Polarität. Ohne den sinnlichen Trieb, die Empfindung, die Materie, kommt der Mensch ebensowenig zur Freiheit wie ohne den Formtrieb, die Vernunft, den Geist. Der sinnliche Trieb weckt die Anlagen der Menschheit, verhindert aber ihre Entfaltung, weil er den Geist an die Sinnenwelt fesselt. Der Formtrieb weckt das ewige Ich, hebt aber das Individuum auf, so daß es im allgemeinen Geist aufgeht. Darum kann Schiller formulieren: «Die Anlage zu der Gottheit trägt der Mensch unwidersprechlich in seiner Persönlichkeit in sich; der Weg zu der Gottheit, wenn man einen Weg nennen kann, was niemals zum Ziele führt, ist ihm aufgetan in den Sinnen.»

Descartes hat das ewige Ich gefunden, aber den Weg zu Gott verfehlt. Seit Gott als der Logos einen menschlichen Leib bewohnte, führt der Weg zu ihm über die Welt der Sinne. Hierin liegt der aristotelische und zugleich christliche Ansatz der Ästhetik Schillers.

Spieltrieb

Aufgabe der Kultur ist es demnach, den sinnlichen Trieb und den Formtrieb nicht zu negieren, sondern in der rechten Weise zu entfalten, so daß sie sich wechselseitig ihre Einseitigkeit nehmen. Der sinnliche Trieb muß die Persönlichkeit oder das Ich, der Formtrieb die Natur in Schranken halten: «Je vielseitiger sich die Empfänglichkeit ausbildet ... desto mehr Welt ergreift der Mensch, ... je mehr Freiheit die Vernunft gewinnt, desto mehr Welt begreift der Mensch», und «nur insofern er selbständig ist, ist Realität außer ihm, ist er empfänglich; nur insofern er empfänglich ist, ist Realität in ihm, ist er eine denkende Kraft». Weil aber beide Triebe stets entgegengesetzt wirken, würde der Mensch nie zu einer sich steigernden Einheit, wenn nicht ein dritter Trieb aus dem Zusammenwirken der zwei entstehen würde. Diesen Trieb, in dem beide verbunden wirken, nennt Schiller den Spieltrieb. Der Spieltrieb vermag, was Stofftrieb und Formtrieb für sich genommen nicht vermögen: «die Zeit in der Zeit aufzuheben, Werden mit absolutem Sein, Veränderung mit Identität zu vereinbaren.» Er bringt «Form in die Materie und Realität in die Form».

Dominiert – aus dem sinnlichen Trieb heraus – die Empfindung, dann bleibt das Ich oder die absolute Existenz im Wartestand. Dominiert das Denken – in der Entfaltung des Formtriebs –, dann führt dies zwar zum Erleben der Existenz, aber nicht zur Existenz in der Zeit.

Descartes erlebte das absolute Sein im Denken und nur im Denken: Der Abgrund zum Welterleben in der Zeit tat sich auf. Für Kant war er unüberwindlich. Sein «Ding an sich» bleibt unerkannt. Schiller überwindet den Abgrund im Spieltrieb.

Im Spieltrieb findet der Mensch sich selbst in der Welt und damit erst die wahre Freiheit, physisch und moralisch. Die Freiheit im Denken ist eine erste Stufe der Freiheit. Es ist die Freiheit des Ich-bin. Die aus dem Spieltrieb entstehende Freiheit ist eine höhere Freiheit, weil sie nicht nur das Ich betrifft, sondern auch die Welt: das die Welt verwandelnde Ich. Nicht nur das Ich, sondern Ich und Welt werden in die Freiheit aufgehoben. In der Entfaltung des Spieltriebs wird das Ich nicht nur selber frei: es kann zugleich Freiheit geben. Diese Freiheit ist Liebe.

Ambivalenz des Spieltriebs

Die Freiheit des reinen Denkers läßt die Welt wie sie ist und beschleunigt damit ihren «Fall». Die Welt der Sinne ist vergänglich und naturnotwendig. Der Denker erhebt sich über sie zur Notwendigkeit des Geistes. Die Freiheit des Künstlers ist schöpferisch, sie gestaltet die Welt. Aber wie?

Zur Schaffensfreiheit bekennen sich alle modernen Künstler. Die meisten jedoch wollen die Freiheit unmittelbar ausleben, ohne den Weg zu beschreiten, den Schiller eröffnet, und fallen so noch hinter die Denkfreiheit des Formtriebs zurück in jene Freiheit, die Liebe nur in ihrer niederen Form als Selbstliebe kennt. Sie leben in der «künstlerischen Freiheit» ihre niedere Natur aus und stehen damit, ohne es zu merken, unter den Bedingungen des Stofftriebs.

Die Schwierigkeit besteht darin, daß der mittlere Zustand, in dem der Spieltrieb sich entfalten kann, nicht nur die Notwendigkeit der Sinnenwelt und die Freiheit der Vernunft als einer anderen Notwendigkeit überhöht, sondern auch zwischen beiden steht. Der Spieltrieb ist zugleich mehr und weniger als der Formtrieb. Er folgt auf das Denken und geht ihm voran.

Wenn Rousseau sagt, der Mensch wird von der Empfindung gelenkt, dann zeigt sich die Polarität. In Schillers «ästhetischem Zustand» ist sie aufgehoben. Das gewöhnliche Gefühl entfaltet sich zwischen Sinnesempfindung und Verstand und ist von der Sinnenwelt abhängig. Wenn die Empfindung über das Gefühl den Verstand lenkt, ist auch dieser von der Sinnenwelt abhängig. Freiheit kann so nicht entstehen. Rousseau relativiert die Aufklärung, bleibt aber in ihrem Bann, wenn er nur den Gegenpol betont. Die Aufklärung verabsolutiert den Verstand und erringt im Denken eine erste Form der Freiheit, von der Schiller sagt, sie sei Notwendigkeit. Entscheidend ist, daß das Gefühl auf diesem Wege eine andere Qualität erlangt. Die Notwendigkeit des Geistes wird als höhere Freiheit erfahren, wenn das Denken sich von diesem – durch das Denken gereinigten – Gefühl lenken läßt. Diese Freiheit im «ästhetischen Zustand» steht über der Freiheit des reinen Denkens. Sie urständet im mittleren Bereich, im Spieltrieb. Es ist jene Freiheit, die Rudolf Steiner 1924 charakterisiert in dem Satz: «Die Herzen beginnen Gedanken zu haben.»

Die reinigende Kraft des Denkens wird von den Künstlern oft übersehen. Darum prägen sie einfach ihre ungeläuterte Innerlichkeit dem Stoff ein, anstatt die Sinnenwelt so zu gestalten, «als wäre sie Idee» (Steiner). Im Sinne Schillers soll die Form den Stoff vertilgen. Dazu bedarf der Künstler der reinen Kraft der Erkenntnis, ohne belehren oder bessern zu wollen.

Dementsprechend schreibt Schiller im zweiten Brief: «Die Kunst ist eine Tochter der Freiheit, und von der Notwendigkeit der Geister, nicht von der Notdurft der Materie will sie ihre Vorschrift empfangen.» Vorschrift? Ist dies vereinbar mit künstlerischer Freiheit? Ja, weil im Sinne Schillers die wahre Freiheit erst aus der Kunst des schönen Scheins entsteht. Die Kunst ist eine Tochter der Freiheit, insofern diese zunächst als Notwendigkeit erfahren wird, wie sie der Formtrieb eröffnet. Dabei wird aber die Tochter der Freiheit zur Mutter der Freiheit. Und so wird verständlich, daß Schiller im gleichen Brief sagt, daß er «die Schönheit der Freiheit vorangehen» läßt. Wie das Gefühl dem Denken vorangeht und folgt, so folgt auch die Kunst auf die Freiheit, und sie geht ihr voran: das zeigt die Ambivalenz des Spieltriebs in jener mittleren Stimmung, die Schiller im zwanzigsten Brief als «ästhetischen Zustand» beschreibt.

So gesehen wird Schiller zum Urheber einer modernen Ästhetik. Er fällt mit seinem Ansatz nicht hinter die Aufklärung zurück ins bloße Gefühl, sondern er führt die Aufklärung um den entscheidenden Schritt weiter in eine Ästhetik, die den in der Neuzeit aufgebrochenen Gegensatz zur Erkenntnistheorie – und allgemein zur Wissenschaft – überwindet: Das reine Denken, im Formtrieb, bringt Licht in den Gefühls- und Empfindungsbereich der Seele als Grundlage für die Entfaltung des Spieltriebs. Das gereinigte Gefühl, das im sinnlichen Trieb gründet und sich im Spieltrieb entfaltet, vertieft das Denken.

Das Denken wird sehend, wenn die Wahrnehmung denkend wird. Das ist die Voraussetzung einer modernen Ästhetik, die die Freiheit der Kunst im sozialen Zusammenhang sieht. Denn die wahre Freiheit ist nicht die Freiheit des Ich, sondern die Freiheit des Ich im Verhältnis zum Du und zum Wir.

Ästhetik der Freiheit

Schillers Ästhetik ist Sozial-Ästhetik. Er denkt an das Miteinander der Menschen und im besonderen an die Französische Revolution. Schiller zeigt, daß ästhetische Erziehung nicht nur zur Geistesfreiheit des Individuums, sondern letztlich auch zur politischen Freiheit führt. Er beginnt seine Untersuchungen mit der Frage nach dem «vollkommensten aller Kunstwerke», dem «Bau einer wahren politischen Freiheit», um im letzten der Briefe dann den «ästhetischen Staat» als Staat des schönen Scheins zu beschreiben, der zwar – wie Schiller einräumt – tatsächlich nur «in einigen wenigen auserlesenen Zirkeln» existiert, dem Bedürfnis nach aber «in jeder feingestimmten Seele» veranlagt ist. Schönheit stiftet nicht nur Harmonie, und damit Freiheit im Individuum, sondern über die Harmonisierung des Individuums auch Harmonie und Freiheit in der Menschengemeinschaft. Schönheit, sagt Schiller, verleiht dem Individuum den geselligen Charakter.

Auf dem Felde der Sinnesempfindung ist der Mensch mit sich allein. Erhebt er sich in die Sphäre der Begriffe, kann er dem andern nicht in seinem Anderssein begegnen, denn reine Begriffe werden von allen Menschen ohne Unterschied gedacht, in der Formulierung Schillers: «Die Freuden der Erkenntnis genießen wir bloß als Gattung.» Empfindend ist der Mensch nur Individuum, begrifflich denkend nur Gattung: «Das Schöne allein genießen wir als Individuum und als

Gattung zugleich, das heißt als Repräsentanten der Gattung.»

Menschen, die an ihre Sinnesempfindungen hingegeben sind, an das Erleben ihrer Leiblichkeit, können keine wahre Gemeinschaft bilden; sie leben nur ihre Egoismen aus. Abstrakte Denker verstehen alles und jeden, aber sie können sich nicht mitteilen; und indem sie vom Individuum abstrahieren, übersehen sie auch die Individualität des andern.

«Nur die schöne Mitteilung», sagt Schiller, «vereinigt die Gesellschaft» als Gesellschaft freier Individualitäten, «weil sie sich auf das Gemeinsame aller bezieht», ohne das je Besondere zu negieren. In diesem Sinne spricht er vom «Reich des schönen Scheins»: «Dieses Reich erstreckt sich aufwärts, bis wo die Vernunft mit unbedingter Notwendigkeit herrscht, und alle Materie aufhört; es erstreckt sich niederwärts, bis wo der Naturtrieb mit blinder Nötigung waltet, und die Form noch nicht anfängt.» Das Reich des schönen Scheins erstreckt sich über zwei Bereiche der Notwendigkeit, die sich gegenseitig ausschließen, und bindet solchermaßen, das Unvereinbare vereinend, einen eigenen Bereich der Freiheit, den «ästhetischen Staat», dessen Grundgesetz lautet: «Freiheit zu geben durch Freiheit.»

In diesem Sinne möge die Kunst nicht nur der inneren Befriedigung der Künstler dienen, sondern den Weg ins Leben finden als umfassende Therapie der seelischen Not jeweiliger Gegenwart. Und wenn auch die Zeichen kulturellen Verfalls immer groteskere Formen annehmen, das Wort Schillers gilt: «Die Menschheit hat ihre

Würde verloren, aber die Kunst hat sie gerettet und aufbewahrt in bedeutenden Steinen; die Wahrheit lebt in der Täuschung fort, und aus dem Nachbilde wird das Urbild wieder hergestellt werden.»

II.

Gedankenschau Wandlungen im Erleben des Denkens

Alles wahre Aperçu kommt aus einer Folge
und bringt Folge. Es ist ein Mittelglied
einer großen, produktiv aufsteigenden Kette.

Johann Wolfgang von Goethe

Bewußtseinswandel

Theorie:
grau
und ausgedacht –

war für die Griechen:
Schau
im Gottesgrund.

Vom Wissen zum Nichtwissen

Philosophie ist Vedânta: das Ende des Wissens. Der Wissende philosophiert nicht. Philosophie setzt den Verlust des Wissens voraus. Sie entsteht aus dem Wissen des Nichtwissens.

Schauen und Begreifen

Die Welt wurde in alten Zeiten geschaut,
aber nicht begriffen.
Die Welt wird heute begriffen,
aber nicht geschaut.

Die alten Eingeweihten waren Propheten:
Sie blickten in die Zukunft.
Die neuen Eingeweihten sind Historiker:
Sie erhellen die Vergangenheit.

Ideengeschichte

Wahrnehmen und Denken bedeutet Nehmen und Geben. Der Mensch lebt als Kind zunächst ganz in der Wahrnehmung. Er nimmt die Welt in sich auf. Wenn er sich später im Denken übt, gibt er der Welt auf höherer Stufe zurück, was sie ihm gab. Ideenbildung ist Dank an die Welt.

Die alten, geoffenbarten Gedanken stehen in der Gefahr der Verflüchtigung: In bloßer Tradition verlieren sie an Substanz und Wirklichkeit. Die vom Menschen selbst errungenen Gedanken stehen demgegenüber in der Gefahr der Verhärtung: Das Selbst behauptet sich und verliert die Wahrheit.

Vor dem Vergessen bewahrt die Schrift. Das finstere Zeitalter: die Zeit der Geschichtsschreibung.

Der Philosophiehistoriker ist wie jeder andere Historiker ein Erzähler. Seine Erzählung ist Wünschelrute im Lande der Begriffsbildung und setzt Richtmarken zur Deutung des Gestaltenwandels in der Evolution des Denkens.

Alle Geschichtsforschung dient der Selbsterkenntnis, vorzüglich aber die Erforschung der Geschichte des Denkens. In der Philosophiegeschichte begegnet das Denken sich selbst: unmittelbar, in allen anderen Geschichten nur mittelbar.

Selbsterkenntnis – Gotterkenntnis

«Erkenne dich selbst» stand am Heiligtum in Delphi. Als der Sucher das Wort verstand, wurde er zum Philosophen.

Wer am inneren Tempel baut, bedarf keines äußeren. Erkenne dich selbst: Wende dein Denken zu Gott.

Der abendländische Denkweg

Platonismus führt zur Wiedergeburt des Geistes.

Aristotelismus führt zur Auferstehung des Leibes.

Anthroposophie führt zur Vereinigung von Platonismus und Aristotelismus: Dabei bildet sich in der Seele das ewige Ich.

Haben und Schaffen – Sein und Werden

In älteren Zeiten galt der Mensch nach seinem Besitz. In neueren Zeiten zählt mehr und mehr die eigene Leistung. Im Schaffen verwirklicht sich das Ich. Was ist, was immer man besitzen kann, gehört Gott. Was aber vom Menschen geschaffen ist, *ist* dann auch und gehört wiederum Gott; denn es konnte nur geschaffen werden auf Grundlage dessen, was war, was andere geschaffen haben.

Schaffen ist Rückerstattung: Werden.

Individualisierung

Ich lese Goethe – und finde Platon. Dennoch ist es Goethe: einmalig und unverwechselbar.

Es ist immer die gleiche Urweisheit, die von den verschiedenen Dichtern und Denkern immer wieder anders ausgesprochen wird. Aber das Gleiche, neu gefaßt, ist nicht das Gleiche.

Die Wahrheit erfährt durch die jeweils neue Form eine Individualisierung. Dabei verwandelt sie sich – wie der Mensch, der sie formuliert.

Mystik

Ex oriente lux, noch immer geht die Sonne im Osten auf: Gott führt zur Geburt.

Es käme aber jetzt darauf an, mit der untergehenden Sonne sehen zu lernen: Sterben in Christo.

Wer sehen will, wo sich alles verbirgt, bedarf des inneren Lichtes, das zur Wiedergeburt führt: aus dem Geist.

Buch und Bund

Anaximander schreibt ein Buch, Pythagoras gründet einen Geheimbund. Pythagoras wirkt «von Mund zu Ohr», unter Ausschluß der Öffentlichkeit. Anaximander kennt kein Geheimnis, das nicht «offenbar» wäre. Die Wahrheit ist «unverborgen». Dennoch ist sie auch im Buch wiederum «verborgen» und bedarf der Interpretation. Bei Pythagoras ist die Wahrheit Auserwählten vorbehalten. Anaximander macht sie öffentlich. Zwischen beiden steht Heraklit. Auch er schreibt ein Buch; aber er trägt es in den Tempel der Artemis …

Hinauf, hinab

Drei Weise im Gespräch

Äsop: Seht den Astronomen, der, den Blick zum Himmel wendend, in den Brunnen stürzt.

Platon: Philosophen sind wohl weise, aber ungeschickt. Das reizt zum Lachen.

Heraklit: Der Weg hinauf, hinab: ein und derselbe.

Heraklit: Die Sonne so breit wie ein Menschenfuß

Dem äußeren Augenblick erscheint die Sonne nicht größer als ein Menschenfuß. Ihre wahre Größe bleibt der bloßen Sinneswahrnehmung des Leibes verborgen. Mit dem Fuß wird der Erdbereich ausgemessen.

Der Denkblick erfährt in der Sonne den Logos. Der Logos wirkt im Menschen, wenn er sich aufrichtet und über die Erde geht. Auch auf der seelischen Ebene, dem moralischen Sinne nach, ist die Sonne nicht größer als ein Menschenfuß. Daß der Mensch mit seinen Füßen über die Erde gehen kann, verdankt er der inneren Sonne.

Der geistige Blick dringt tiefer. Dem Fuß im Mikrokosmos Mensch entspricht makrokosmisch das Tierkreiszeichen Fische. Es ist das zwölfte, Zeichen des Übergangs – zum dreizehnten als dem ersten. Indem der Logos als der dreizehnte durch Tod und Auferstehung ging und damit zum einzigen wurde, vollzog sich die Einung von Sonne und Erde: Christus ist der wahre Fisch, der als Sonnenwirkung im Fuß die Vergangenheit des Menschen als Schicksal aufhebt und damit Zukunft möglich macht, die jeder einzelne ergehen kann.

Platon und Aristoteles

Für Platon ist die Erde ein Schattenreich, aus dem man sich zu Gott erheben muß. Das Denken ist nur über dem Irdischen wirklich.

Für Aristoteles ist die Erdenwelt in ihrer Schönheit geradezu ein Beweis für den göttlichen Schöpfer. Das Denken ist wirklich, indem es das Geistige im Irdischen erfaßt.

Anaxagoras oder Paulus

Anaxagoras lehrte: Der Geist (nous) geht keine Verbindung ein mit dem sterblichen Leib. Er bleibt immer getrennt für sich. Aristoteles teilt diese Anschauung. Sie ist aber durch Inkarnation, Tod und Auferstehung Christi widerlegt. Dies hat Paulus als die entscheidende Frage christlichen Glaubens erachtet. Sie ist es letztlich auch für die Philosophen. Anaxagoras oder Paulus: es gibt keinen größeren Gegensatz und kein folgenreicheres Problem für die denkende Menschheit seit dem Ereignis von Golgatha.

Die Geburt des Ich im Denken Plotins

Plotin denkt den Menschen dreigliedrig als Leib, Seele und Geist. Darüber hinaus faßt er als erster, vorbereitend, den Begriff des Ich. Das Ich ist die geistige Wirklichkeit in der Seele.

Leib und Seele stehen unter dem Gesetz der Vielheit, das sich außerhalb des Menschen als Welt der Dinge offenbart. Der Geist ist Einer, insofern er denkt. Das, was er denkt, ist aber auf Vielheit bezogen. Darum denkt Plotin noch über dem Geist: das Eine, als die höchste Gottheit, unbestimmt und unbestimmbar. Geist, Seele und Leib gehen aus ihm durch «Emanation» hervor.

Das Eine setzt die Zwei aus sich heraus. Die Zwei ist Geist. Sie ist ebenfalls unbestimmt und ermöglicht die dialektische Bewegung des Denkens, die zum Einen zurückführt. Die Zwei setzt die Zahl aus sich heraus. Das Zahlenwesen ist Seele und neigt zur Vielzahl. Deren Abbilder sind der Leib und die Dinge.

Die Seele ist «gefallen». Darin sieht Plotin aber eine Notwendigkeit. Der Fall ermöglicht den bewußten Wiederaufstieg durch Übung in der Tugend und in erkennender Schau.

In erkennender Schau überschreitet der Mensch die ihm gegebene Grenze des Verstandes. So nähert er sich dem Einen, aus dem er stammt.

Er könnte aber den Aufschwung nicht nehmen, wenn

er in sich nicht das Eine immer schon wäre: als das Ich in der Seele.

Das Ich ist das Eine, in dem Denken und Gedachtes zusammenfallen. Das Eine ist Ich.

Dionysius Areopagita

Dionysius spricht in Übereinstimmung mit Plotin von Gott als dem Einen und Guten und als weiter nicht zu bezeichnen: Gott ist unvorstellbar. Man kann nicht sagen, was Gott ist; nur, was er nicht ist. Theologie im Sinne des Dionysius ist demnach «negative Theologie». Sie ist «mystische Theologie» insofern sie der Seele einen Aufschwung ermöglicht über die Reinigung von sinnlichen Bedingungen, über die Erleuchtung durch drei mal drei Hierarchien der Engel bis hin zur Versenkung ins Eine.

Meister Eckhart: Erkenntnis zwischen Licht und Dunkel

Mit Augustinus und Thomas unterscheidet auch Meister Eckhart Abend- und Morgenerkenntnis und ergänzt seinerseits den Mittag. Das Seiende wird erkannt im

Abendlicht. Der Verstand entwirft Bilder von den Dingen, wie sie sinnlich erscheinen. Das Sein des Seienden erschließt das Morgenlicht: Die Vernunft erhebt sich zum Wesen der Dinge, zu ihren Urbildern in Gott. Das Sein selbst aber, Gott als das reine Sein, offenbart der «helle Mittag». Und in der Mitte der Nacht, darf hinzugefügt werden, steht das Ich, noch unerkannt, vor dem Sein seiner selbst.

Ist die Seele unsterblich?

Averroës, Thomas von Aquin, Marsilio Ficino

In der für die abendländische Philosophie entscheidenden Frage nach der persönlichen Unsterblichkeit, im Kampf gegen Averroës, steht der Platoniker Marsilio Ficino an der Seite des Aristotelikers Thomas von Aquin.

Averroës hatte gelehrt, daß die Seele nur teilhabe am allgemeinen Geist. Ihre Persönlichkeitsstruktur auf Erden löse sich beim Tode wieder auf wie der Tropfen im Meer. Thomas von Aquin behauptete die persönliche Unsterblichkeit, konnte sie aber mit Aristoteles allein nicht zureichend begründen. Erst unmittelbar vor dem Tode erfuhr er die Erleuchtung.

Ficino nimmt Platon und Plotin zu Hilfe, kann aber auch eigene Geisterfahrung in Meditation und Kontemplation beschreiben. Die Seele vermag in der Erkenntnis stufenweise aufzusteigen von der Sinneserkenntnis bis hin zur unmittelbaren Gotterkenntnis. Das ist seine persönliche Erfahrung, die er bei Paulus, Platon, den Neuplatonikern und Mystikern bestätigt findet, zugleich aber Menschheitsziel. Sollte das Höchste nur für wenige und auch für diese nur in herausragenden Momenten ihres Lebens erreichbar sein? Zur Schau der Gottheit kommen wenige Philosophen schon im Leben, die übrigen Menschen aber nach dem Tode: insofern sie persönlich unsterblich sind.

Das Denken der persönlichen Unsterblichkeit ist Voraussetzung zum Denken der Wiederverkörperung des Menschengeistes, wie es später bei Lessing auftritt.

Augustinus, Anselm von Canterbury, Descartes

Augustinus erlebt sich selbst noch wie ein Stück gottdurchdrungener Natur. Wenn er Gott ruft, hört er das Echo in seiner Seele.

Gott ist das, worüber hinaus Größeres nicht gedacht werden kann: *Anselm* setzt voraus, daß Gott *ist* – was zu beweisen war.

Descartes suchte Gott – und fand sich selbst.

Vom Cusaner zu Descartes, von Descartes zum Cusaner

Die scharfe Intellektualität des Cusaners hat das alte Bilderbewußtsein verdrängt. Andererseits erlebt er noch nicht, wie später Descartes, die Innenwelt als völlig getrennt vom Außensein. Descartes kommt zum wirklichen Erkenntnisvollzug des Ich-bin-im-reinen-Denken, aber nicht darüber hinaus: Der Abgrund trennt das Ich von der Welt. Nikolaus von Kues erlebt auf seinem Erkenntnisweg vom denkenden Ich zum Urgrund der Welt, wo die Gegensätze zusammenfallen, das Denken selbst als Organ der Offenbarung.

Aufriß des neuzeitlichen Abgrunds

Descartes und Locke betrachten beide die seelische Wirklichkeit als das einzig Gewisse. Aber Locke erlebt das psycho-physische System, die Seele bedingt vom Leibe, weil er von der Wahrnehmung ausgeht. Empfindungen glänzen in der Seele auf als Spiegelung der Außenwelt. Descartes geht vom Denken aus und erlebt es, abstrahierend von der Sinneswelt, als unabhängig vom Leibe: das Geistige in der Seele, das Ich.

Das Ich kann Locke nicht begreifen, noch weniger Hume. Und Descartes kann sein philosophisches Ich-Erlebnis nicht mit seiner empiristischen Naturwissenschaft verbinden: den Körper denkt er nur als Maschine. So reißen beide, Descartes und Locke, den Abgrund auf, der das dualistische Weltbild der neuzeitlichen Philosophie kennzeichnet.

Die Empiristen erfassen die Seele in ihrer Beziehung zum Leibe. Der Geist hat für sie keine Wirklichkeit. Die Idealisten erfassen die Seele in ihrer Beziehung zum Geiste, aber die Brücke zur Sinneswelt des Leibes können sie nicht schlagen.

Aufklärung und Erleuchtung

Das achtzehnte Jahrhundert stand im Zeichen von Aufklärung und Erleuchtung. Die Sprache erhellt den Unterschied: Man spricht von den Aufklärern, aber nicht von den Erleuchtern, sondern von den Erleuchteten.

Die Aufklärer klären auf: sie sind von innen heraus tätig. Die Erleuchteten *werden* erleuchtet: das Licht strahlt von außen in ihre Seele.

Die Erleuchteten tradieren alte Formen der Offenbarung. Die Aufklärer setzen Erkenntnisgrenzen. So beschränken beide den geistigen Fortschritt.

Luzifer: der erste Aufklärer.

Jahrhundert des Lichts

In welch fatales Zwielicht rückt Hume die Aufklärung, wenn er die öffentliche Verbrennung der metaphysisch orientierten Literatur fordert …

Voltaire kämpft ein Leben lang gegen Dogmen aller Art – und stellt dabei selber eines auf: das Dogma von der Unerkennbarkeit der geistigen Welt.

Rousseau und Saint-Martin lehren beide die Rückkehr zur Natur, jedoch: Rousseau zur Natur, wie sie ist, Saint-Martin zur Natur, wie sie war. Die Natur des Menschen ist gefallen, sie bedarf der *Aufhebung*.

Der wahre Aufklärer macht sich selbst entbehrlich. Er wirkt so, daß jeder einzelne sich selber aufklärt. Er macht ein Denkangebot. Aber denken muß jeder einzelne selbst. Die Wahrheit läßt sich ebensowenig verordnen wie die Freiheit.

Es gab schon früher Autobiographien, aber nur vereinzelt. Im achtzehnten Jahrhundert werden sie zahlreich und gewichtig: Das Ich entdeckt seine Persönlichkeit.

Aesthetica, 1750

Alexander Gottlieb Baumgarten hat den Begriff der «Ästhetik» geprägt und mit der entsprechenden Vorlesung 1742 in Frankfurt an der Oder und der daraus hervorgegangenen Publikation («Aesthetica», 1750) eine neue philosophische Disziplin begründet. Allerdings faßte Baumgarten den Begriff sehr weit als «Philosophie der sinnlichen Erkenntnis», während Kant und die Idealisten ihn einengten zur «Philosophie des Kunstschönen». Der Rationalismus verkennt nach seiner Auffassung die Bedeutung der individuellen Erscheinung, wohingegen sein Ideal des «felix aestheticus» die *Bildung des ganzen Menschen* umfaßt.

Die Cognitio sensitiva ist keine passive Entgegennahme, sondern immer auch ein Gestaltungsvorgang.

In der Ergänzung des rationalen Erkennens durch das sinnliche Erkennen wird das bloß logische Denken zum «schönen Denken». Nicht einen Rückfall in verworrenes Denken meint Baumgarten damit, sondern eine Erweiterung des wissenschaftlichen Bewußtseins. Für Wissenschaft und Kunst wird so der Weg zur *schönen Wissenschaft* gewiesen.

Über Lessings Idee der Wiederverkörperung

Die Idee der Wiederverkörperung geht verloren in dem Maße, als das Ich zu sich selber kommt: in der Abkehr von Gott.

Die Idee der Wiederverkörperung tritt erneut ins Bewußtsein in dem Maße, als das Ich zu sich selber kommt: in der Rückkehr zu Gott.

Kant

Kants «kopernikanische» Wende ist in Wahrheit eine «ptolemäische»: Der Mensch steht wieder im Mittelpunkt.

Kantianismus: Die Welt als Illusion.

Thomas von Aquin und Immanuel Kant

Thomas von Aquin schreibt «Summen», Kant dagegen «Kritiken». Thomas summiert und schaut zusammen, was schon nicht mehr zu halten ist: die alte Einheit von Mensch, Gott und Welt. Kants Kritik richtet sich auf das eigene Ich, das sich als ohnmächtig erlebt, den Abgrund zur Welt zu überspringen. In der Kritik wird das Ich stark im Selbsterleben, aber schwach in der Erkenntnis.

Herders Preisschrift

Herder beschreibt den Ursprung der Sprache als Reflexion. In der Reflexion sondert der Mensch ein Merkmal ab. Er benennt das Schaf als das Blökende – oder das Wollige, denn der Merkmale sind viele. Reflexion bedeutet Abstraktion. Wenn aber der eine so und der andere anders abstrahiert und entsprechend benennt, entsteht nicht die Sprache, sondern die Sprachenvielfalt. Herder deutet nicht die Entstehung der Ursprache, sondern den Turmbau zu Babel.

Descartes – Goethe – Fichte

Descartes philosophierte aus dem Zweifel an der Welt, Fichte aus Liebe zur Welt. Die Denkwende bewirkt Goethes Kraft der Verehrung.

Der Zweifel reißt den Abgrund auf.

Verehrung macht das andere Ufer erreichbar.

Liebe ist der Brückenschlag.

Hegel und Schelling

Hegel wollte die Welt nur interpretieren, meinte Marx und setzte auf Veränderung.

Auch Hegels Denkgebäude setzt die mystisch-theosophische Tradition voraus. Was bei Hegel aber nur von Einfluß auf Struktur und Begrifflichkeit des Denkens ist, faßt Schelling als geistige Wirklichkeit.

Ein Denken, das im Sinne Schellings die Götter denkt, ist nicht nur interpretierendes, ist vielmehr weltveränderndes Denken: «Es liegt», sagt Schelling, «in dem Idealismus selbst etwas Weltveränderndes, und seine Wirkungen werden sich noch über die unmittelbare Aufgabe der Philosophie hinaus erstrecken.»

Aber die Welt hat das Weltverändernde in Schellings Denken nicht beachtet. Umso schlimmer für die Welt. Sie setzte auf Marx: Vorübergehend ...

Schopenhauer

Die Welt ist für Schopenhauer zunächst vorgestellte Welt und wird als Vorstellung nicht «an sich», sondern gemäß den subjektiven Erkenntnisbedingungen erfahren. Schopenhauer übernimmt die Kantische Unterscheidung von «Ding an sich» und Erscheinung. Während aber Kants Erkenntnislehre bei der Erscheinung stehenbleibt, denkt Schopenhauer einen Schritt tiefer, zum Ding an sich. Die eine Seite unseres Wesens ist die Vorstellung, als eine andere entdeckt Schopenhauer den Willen. Das Ding an sich – bei Kant ein der Erkenntnis nicht zugängliches Abstraktum – wird bei Schopenhauer zum Wesenskern aller Erscheinungen, der als Wille gedeutet wird.

Der Wille ist eins und unteilbar und wohnt somit dem Gestein, den Pflanzen und den Tieren ebenso inne wie dem Menschen. Weil der Wille nicht Erscheinung ist, sondern der Grund der Erscheinung, ist er auch dem Satz vom Grund nicht unterworfen, sondern außerhalb der Kategorien Raum, Zeit und Kausalität erfahrbar: aber eben erfahrbar, das ist der entscheidende Schritt, den Schopenhauer über Kant hinausdenkt. Dabei greift er auf Platon zurück.

Der Wille ist zwar eins und unteilbar, aber er ist objektiviert in der Vielheit der Dinge. Zwischen der Vielheit der Erscheinung und dem Willen als ihrem Urgrund erkennt Schopenhauer ein Drittes: die Platonischen Ideen, die – jenseits von Zeit, Raum und Kausalität – als die «verschiedenen Stufen der Objektivation des Willens», als die «unerreichten Musterbilder dieser», als deren ewige Formen gedeutet werden. Die gewöhnliche, an der Sinneswahrnehmung orientierte Verstandeserkenntnis kann zur Ideenschau nicht vordringen. Sie macht dort halt, wo Kant die Grenze zog. Schopenhauer erweitert diese Grenze durch Verneinung des Willens, der die Subjektivität, das Selbstsein konstituiert. Durch die Überwindung der Subjektivität in der Verneinung des eigenen Willens wird der Mensch offen für die Erkenntnis des fremden Willens und dessen Objektivierung in der Idee. Doch stellt sich die Frage, welche Folge die Verneinung des eigenen Willens auf das Ich hat. Welcher Wille verneint und welcher wird verneint? Hält sich das Ich, oder geht es unter: im Ding an sich als dem allgemeinen Willen?

Troxler: Von der Philosophie zur Anthroposophie

Die Grundelemente des gewöhnlichen Erkennens sind Erfahrung und Vernunft. Diese ist empfangend, jene tätig. Beide führt Troxler auf ein einheitliches höheres Erkenntnisvermögen zurück, das unbewußt in jeder Menschenseele schlummert und sich in drei Stufen entfaltet, wenn das gewöhnliche Denken sich selbst ergreift und dadurch über sich hinauswächst. Denn schon das gewöhnliche Denken ist wesenhafter Natur, nur selbstvergessen. Durch «Inversion» kann es zunächst sein eigenes höheres Wesen und dann auch anderes Wesenhaftes erfassen.

Diesen Prozeß der Erkenntniserweiterung beschreibt Troxler in seiner Logik als Erhebung der Philosophie zur Anthroposophie.

Sophia, die «ewige Freundin» Solowjows

Sophia ist die ursprüngliche Einheit, die sich im historischen Prozeß zur Vielheit neigt: In Sophia kommt Gott zum Menschen. Sie ist umgekehrt, aus der Vielheit heraus, der Weg zu Christus. Und schließlich ist sie, ganz im Sinne Platons, der Inbegriff der Schönheit.

Was aber die Weisheit zur Schönheit und die Schönheit zur Weisheit werden läßt, ist die Liebe, die in Christus zur Menschheit kam und nun in jedem einzelnen Menschen-Ich die Wende bewirkt: In der Liebe zu Sophia, in der Philosophie kommt der Mensch zu Gott.

Aristoteles und Steiner

Aristoteles gab mit seiner Entwicklung des logischen Denkens eine umfassende Methodik zur Erforschung der Sinneswelt.

Rudolf Steiner gab mit seiner Entwicklung des meditativen Denkens eine umfassende Methodik zur Erforschung der geistigen Welt.

Beide waren Aufklärer.

Rudolf Steiners «Philosophie der Freiheit»

Descartes sagte: «Ich denke, also bin ich.» Damit tat sich der Abgrund auf, zwischen Ich und Welt. Der kritische Idealist fuhr fort: «... also ist die Welt nicht. Was ich glaube als Welt wahrzunehmen, ist nur meine Vorstellung.»

Auf der andern Seite des Abgrunds, im naiven und metaphysischen Realismus der neueren Naturwissenschaft, wurde die Wirklichkeit der wahrgenommenen Welt anerkannt und das Denken und Vorstellen für nichtig erklärt. Wie vom Idealisten die Welt, so wird vom Realisten das Ich bezweifelt.

Steiners Erkenntnislehre verhilft zunächst, in Anknüpfung an Goethes Naturforschung, der Wahrnehmung zu ihrem Recht: Was ich wahrnehme, ist wirklich die Welt und nicht nur meine Vorstellung. Aber die Wahrnehmung ist nur die halbe Wirklichkeit. Sie bedarf des Denkens. Ohne die begriffliche Vorstellung verschwindet das Wahrgenommene ins Nichts.

Indem er die Erkenntnisleistung des Denkens durch seelische *Beobachtung* aufzeigt, entkräftet er den naiven und metaphysischen Realismus mit dessen eigener – naturwissenschaftlicher – Methode. Das Denken ist so wirklich, daß es nicht nur dem Ich, sondern auch der Welt zur Wirklichkeit verhilft. Das Denken ist die gesuchte Brücke, zu der Descartes den ersten Pfeiler baute. Steiner schlug den Bogen zum andern Ufer.

Aristotelismus und Platonismus

Das aristotelische Prinzip der Erfahrung hat neuzeitlich die platonische Weltanschauung in Verruf gebracht. Steiners Entwicklung der «Philosophie der Freiheit» zur Anthroposophie ist der bisher umfassendste Versuch einer Rechtfertigung der platonischen Weltanschauung durch ebendies aristotelische Prinzip der Erfahrung.

Auch Sinnes-Erfahrung setzt, im Erkenntnis-Anspruch, Geist-Erfahrung voraus.

Existenzphilosophie

Die Existenzphilosophie hat den Weg über das Ziel gestellt. Damit wurde der Gang ins Labyrinth zum Selbstzweck.

Die Entwertung der Antwort gibt der Frage Kraft: Ziellos wird sie wieder zunichte.

Gegenwärtigkeit des Mythos

Nachdem Gott abgeschafft wurde, fehlte dem Teufel die Existenzgrundlage. Leszek Kolakowski hat den Teufel rehabilitiert. Darum betont er auch die «Gegenwärtigkeit des Mythos». Vor allem die «profanen» Mythen wie Wahrheit, Sein, Wert oder Menschsein sind ihm Ansätze, den Zufall *im Wort* aufzuheben.

Der Mensch ist die einzige nichtbedingte Wirklichkeit. Dementsprechend sind Versuche der Grenzüberschreitung existenzfördernd.

Ludwig Wittgenstein

Die Welt wird zum Sachverhalt, der Sachverhalt zum Inhalt von Sätzen. Die logische Beziehung der Sätze untersucht die Philosophie. «Gott ist, wie sich alles verhält.» Damit verliert die Philosophie ihren Inhalt.

Philosophie wird zur Beschreibung von «Sprachspielen». Das Wort bedeutet nicht «etwas», sondern erschöpft sich in seinem Gebrauch. Philosophie beschreibt den Sprachgebrauch: «Alle Erklärung muß fort, nur Beschreibung an ihre Stelle treten.»

Sprachphilosophie

Karl Bühler erfaßt die Sprache, insofern sie sich physisch manifestiert. Wilhelm von Humboldt sieht in ihr ein lebendiges Wesen. Martin Heidegger hört auf ihren seelischen Anspruch. Rudolf Steiner schildert sie als Geistwesen.

«Die Sprache spricht», sagt Heidegger. Ob der Mensch ihren Anspruch versteht, hängt von ihm ab, nicht von der Sprache; vom Menschen: ob es ihm gelingt, zum Sprechen wieder das Hören zu lernen. Entscheidend ist die Ausrichtung des inneren Gehörs. Die Sprache spricht immer so, wie der Mensch willens ist, sie zu vernehmen.

Der Sprache entsprechen heißt: ins eigene Wesen streben.

Denkästhetik

Der Gegensatz von Erkenntnistheorie und Ästhetik bedarf der Aufhebung. Dabei entsteht Denkästhetik.

Denken ist höheres Wahrnehmen.

Denkästhetik offenbart das Schöpferische in der Wahrnehmung, in der Kunst das Denken und im Denken die Form. Denkästhetik ist schöne Wissenschaft.

Denkästhetik fordert Meditation als Erkenntniskunst.

Der reine Gedanke ist wahr, aber nicht schön. Er wird schön, wenn er sprachlich gestaltet wird.

Das Denken wird sehend, wenn die Wahrnehmung denkend wird.

Lachen befreit
Der Philosoph und das Komische

Ein Astronom hatte die Gewohnheit, auf allabendlichen Ausgängen die Sterne zu beobachten. Und als er eines Abends in die Vorstadt spazierenging und mit seiner ganzen Aufmerksamkeit am Himmel weilte, fiel er unversehens in einen Brunnen. Auf sein Klagen und Rufen kam ein Vorübergehender, als er die Seufzer hörte, herbei und, nachdem er erfahren hatte, was geschehen war, sagte er zu ihm: «Du bist mir der Richtige! Du versuchst, die Dinge am Himmel zu erspähen und siehst nicht die Dinge auf der Erde.»

Diese Geschichte ist im Corpus der äsopischen Fabeln enthalten und durchzieht in vielfältigen Variationen die abendländische Literatur- und Geistesgeschichte. Der Astronom, der damals auch Astrologe war, sieht in die Weite und Tiefe und übersieht dabei die nächstliegende und äußere Realität: er stürzt.

Ist das zum Lachen oder zum Weinen?

Platon findet die Situation komisch. Er bezieht sie auf den Vorsokratiker Thales von Milet, und der Vorübergehende wird zur thrakischen Dienstmagd, die den Forscher verlacht und verspottet: «Wie auch den Thales», spricht Sokrates, «als er, um die Sterne zu beschauen, den Blick nach oben gerichtet, in den Brunnen fiel, eine artige und witzige thrakische Magd soll verspottet haben, daß er, was im Himmel wäre, wohl strebte zu erfahren, was aber vor ihm läge und zu seinen Füßen, ihm unbekannt bliebe. Mit diesem nämlichen Spotte nun reicht man noch immer aus gegen alle, welche in der Philosophie leben.» (Theaitetos 174)

Die Dienstmagd lacht. Warum? Sie versteht nicht, daß einer weiter blicken will und dabei das Näherliegende übersieht. Sie erkennt nicht den dialektischen Zusammenhang zwischen Erkenntnissuche und Sturz. Lachend erhebt sie sich über die Situation. Sie steht darüber und erlebt den Philosophen weit unter sich. Er erlebt den Abgrund, sie springt darüber hinweg und begräbt ihn mit ihrem Gelächter.

Ist das zum Weinen oder zum Lachen?

Die Überlegenheit der Magd ist scheinbar: am Lachen erkennt man den Narren. Wer das versteht, ist näher am Weinen als am Lachen. Nicht-Verstehen bedeutet Distanz, die das Lachen bekräftigt. Wer die Welt nicht versteht, erhebt sich über sie im Lachen: Lachen befreit. Aber doch nur scheinbar. Die komische Figur der lachenden Magd kann in ihrer eitlen Selbstüberhebung durchaus tragische Züge gewinnen – ebenso wie der stürzende Astronom und Philosoph.

Das Gelächter der Magd ist Folge eines Nicht-Verstehens. Aber wenn Thales in den Brunnen stürzt, sind seine Klagen und Seufzer ebenfalls Folge eines Nicht-Verstehens. Der eine weint, der andere lacht. Beide verstehen die Welt nicht.

Der tragisch stürzende Philosoph erscheint der Magd komisch. Die lachende Magd ist – philosophisch – eine tragische Figur. Die gleiche Situation kann tragisch und komisch gesehen werden.

Der Philosoph stürzt, weil er sein Ziel zu hoch steckte – das ist tragisch. Die Magd lacht darüber, das ist – tiefer gesehen – auch tragisch. Vordergründig ist die Magd eine komische Figur und der stürzende Philosoph – aus ihrer Sicht – ebenso. Das bedeutet: das Komische und das Tragische sind weitgehend vom Betrachter abhängig. Ob er lacht oder weint, liegt weniger an der Situation als an seiner Seelenverfassung. Ein geschickter Regisseur mit guten Schauspielern könnte aus jeder Komödie eine Tragödie und aus jeder Tragödie eine Komödie machen.

Bei Platon lacht nicht nur die unverständige Menge über den Philosophen, sondern auch der Philosoph über die unverständige Menge. Der Philosoph erregt Gelächter, indem er aus Unerfahrenheit in Gruben und in allerlei Verlegenheit hineinfällt, und seine gewaltige Ungeschicktheit erregt die Meinung, seine Einfalt sei unverbesserlich. Der Philosoph seinerseits lacht, «wo gelobt und in prächtigen Worten geredet werden soll von andern»: «Wo er einen Tyrannen oder König lobpreisen hört, kommt es ihm vor, als hörte er irgendeinen Hirten, einen Schweine- oder Schaf- oder einen Rinderhirten, glücklich preisen, weil er viel melkt; nur glaubt er, daß jener ein unlenksameres und boshafteres Tier hütet und melkt als diese und daß doch ungesittet und ungebildet ein solcher aus Mangel an Muße nicht minder sein muß als andere Hirten, eingezwängt in seine Mauern eben wie jene in die Hürden auf den Bergen. Hört er aber von tausend Morgen Landes und noch mehr, als hätte, wer sie besitzt, ein ungeheuer großes Besitztum: so dünkt ihn, er höre einer großen Kleinigkeit erwähnen, gewohnt wie er ist, über die ganze Erde zu schauen.»

Es gibt also nicht nur ein Lachen aus Nicht-Verstehen, sondern auch ein Lachen aus tieferem Verstehen. Die Menge lacht, weil sie ein scheinbares Mißverhältnis in seinem dialektischen Bezug nicht versteht. Der Philosoph lacht, gerade weil er Disparates in seinem Zusammenhang durchschaut. Aber er distanziert sich im Lachen ebenso wie die Menge. Lachen befreit in diesem Falle wirklich, weil der Lachende schon frei ist – als Erkennender.

Am Lachen erkennt man den Narren. Es könnte aber sein, daß der Narr ein Philosoph ist.

III.

Denksätze

Kurzgefaßte Sprüche jeder Art weiß ich zu schätzen, besonders, wenn sie mich anregen, das Entgegengesetzte zu überschauen und in Übereinstimmung zu bringen.

Johann Wolfgang von Goethe

Alchymie

Erkennen ist ein chymischer Prozeß:
Die Dinge im Zusammenhang sehen,
setzt ihre Verflüssigung voraus.
Grundlage ihrer Erkennbarkeit ist
die Salzbildung, Ziel
die Geistgeburt im Feuer.

Wissenschaft

Wissenschaft ist ein Erkenntnisweg. Wissensanhäufung gehört in den Bereich der Voraussetzungen, nicht zum Ziel des Erkennens. Im Unterschied zur bloßen Gelehrsamkeit fördert die Wissenschaft als Erkenntnisweg den Menschen in seiner Wesensentfaltung.

Wissenschaft bildet den Zusammenhang des menschlichen Wissens. Detail-Forschung, die aus dem großen Zusammenhang herausfällt, steht in der Gefahr, unwissenschaftlich zu werden.

Wissenschaft ist öffentlich, sie bedarf der Mitteilung. Das Maß der Mitteilbarkeit ist die lebendige Sprache. Die Gefahr, vom Weg der Wissenschaft abzuirren, entsteht nicht nur durch oberflächliche Popularisierung, sondern auch durch künstliche Fach-Sprachen, die nur noch von wenigen «Eingeweihten» verstanden werden. Das mystisch «Unsagbare» ist von vornherein ausgeschlossen.

Wissenschaft ist nachprüfbar. Das gilt nicht nur für die Naturwissenschaft; denn die Nachprüfbarkeit bezieht sich nicht auf den Gegenstand der Forschung, sondern auf die wissenschaftliche Methode: Ob die Seele nach dem Tode in anderer Form existiert oder nicht, mag zunächst ebenso dahingestellt bleiben wie die Frage, ob Shakespeare gelebt hat oder inwiefern die alten Götter wirklich sind. Entscheidend ist einzig die Qualität des Denkens, mit der Aussagen über das Leben der Seele nach dem Tode, über Shakespeare oder die Wirklichkeit der Götter gemacht werden. Nicht Glaubensüberzeugungen, aber Denkwege sind nachprüfbar: durch Beschreiten der Wege.

Buchwissen

Veröffentlichung bedeutet Schutz vor Dogmatisierung und geistiger Versklavung. Was in Büchern niedergelegt ist, kann sich jeder einzelne selbst erarbeiten. Jeder ist aufgerufen, sein eigenes Urteil zu bilden: frei von äußeren und seelischen Einflüssen, die in der Rede nicht auszuschließen sind. Solange Wissen nur von Mund zu Ohr weitergegeben wurde, blieb der Empfänger notwendig in der Abhängigkeit des Mitteilenden. Buchwissen ist eine Voraussetzung der Freiheit.

Buchwissen kann zu Weltfremdheit führen. Buchwissen bedarf der Verwirklichung. Freiheit ist zunächst nur im Erkennen. Höhere Freiheit erringt, wer aus Erkenntnis *handelt*.

Der Leser

Er wollte in die Welt sehen
und las in einem Buch.

Gelehrsamkeit

Faszinierend der Flug der Begriffe, die ein Netzwerk bilden, ein dichtes Spinnennetz aus Gedankenstoff, aber die Frage ist: ob der oft so kunstvoll gewobene Schleier der Gelehrsamkeit vielleicht nur ein Feigenblatt ist, die Nichtigkeit der Fragestellung zu verdecken ...

Natur- und Geisteswissenschaft

Die Naturwissenschaft erforscht das Begrenzte: Mineral, Pflanze, Tier; die Geisteswissenschaft das Unbegrenzte im Begrenzten: den Menschen.

Geisteswissenschaft ist immer Selbsterkenntnis.

Philosophie und Technik

Philosophie ist das Ende inneren Wissens.
Technik ist das Ende äußeren Wissens.
Aber das Ende ist jeweils ein neuer Anfang:
Ich und Welt im Werden.

Technik ist die Manifestation des Fortschritts. Wissenschaft ist rückbezüglich.
In der Kunst wird die Zukunft zur ewigen Gegenwart.
Philosophie entsteht in der Einung von Wissenschaft und Kunst: als Schöne Wissenschaft.

Philosophen

Wer etwas Neues, Eigenes bringt, hat alle Welt zum Gegner.

Philosophen lenken ihre Seele ins Übersinnliche, zur Einsicht. Dabei fühlt sich der Vordergrund übergangen oder durchschaut.

Nicht wer ins Hohe blickt, ist hochmütig, sondern: wer seine Beschränktheit über die Einsicht stellt. Hochmut ist Mangel an Einsicht.

Die Diktatur der Mittelmäßigkeit hat noch immer die Philosophen verhöhnt und verjagt.

Vor der Vereinsamung rettet den Denker nur Liebe zur Sprache.

Abstrakt und konkret

Was ist abstrakt? Die Sinnesdinge, denn sie sind vergänglich. Das sogenannte Konkrete ist in Wahrheit das Abstrakte, weil es vom unvergänglichen Wesen abstrahiert. Konkret ist Erkenntnis, die das sinnlich Wahrnehmbare transzendiert.

Methoden

Formalismus, Strukturalismus, Funktionalismus: Produkte der Angst vor der Frage nach dem Sein, vor der Wirklichkeit des Geistes.

Der Positivismus erhebt die Unwissenschaftlichkeit zum Prinzip: nur die Fakten zählen, das sinnstiftende Denken wird negiert.

Die rezeptionsästhetischen und soziologischen Methoden der Literaturbetrachtung führen von ihrem eigenen Gegenstand weg: Der Leser steht im Mittelpunkt des fragenden Interesses. Dabei wird eigenartigerweise der Leser nicht selten zugleich besprochen und negiert in einer bewußt hermetischen Sprachgestaltung, die weniger der rituell beschworenen «Kommunikation» als der Selbstbefriedigung der Autoren dient ...

Unter dreien

Einer hat immer recht. Von zweien haben beide unrecht. Unter dreien entsteht Wahrheit.

Einwände

Erkenntnistheoretiker machen sich vielfach selbst Einwände: nur um sie widerlegen zu können. Widerlegen ist nicht Erkennen, bereitet aber den Boden für das Erkennen.

Idealist

Im Dunst
sucht er das Blaue.

Realist

Im Blauen
sucht er den Dunst.

Ansätze

Denkend zieht das Ich Furchen in den Acker des Leibes. Dabei steigt es auf: vom Sein zum Bewußtsein.

Die Wahrnehmung ist der Schatten des Denkens.

Denken ist schwer, weil die Gedanken so leicht sind.

Gott schuf den Menschen – nach seinem Bilde.
Der Mensch schuf Gott – nach seinem Bilde.

Wissen wird gegeben, Erkenntnis errungen.

Was nicht gesagt ist, sucht man auch zwischen den Zeilen vergeblich.

Gerührt, geführt.

«Platoniker» sind nur allzu leicht geneigt, Bilder für Wirklichkeit zu halten.

Erdentwicklung: eine vielstimmige Melodie.

Anima: empfängt Gedanken. Animus: denkt.

Schöne Wissenschaft

Schöne Wissenschaft ist Denkästhetik. Sie offenbart den Geist in der Materie. Was am Werk sinnlich wahrnehmbar ist, kann analysiert werden. Die Forschung im engeren oder höheren Sinn liegt in der Synthese: in der Darstellung dessen, was am Werk übersinnlich, als innere Form wahrgenommen werden kann. Die Darstellung innerer Form erfordert selbst innere Form, ist Essay. Im Essay der Synthese wird das Unsichtbare sichtbar: als Werk über Werk.

Die schöne Wissernschaft ist ungeliebt: von den Wissenschaftlern, die in ihr eine Kunst, von den Künstlern, die in ihr eine Wissenschaft sehen. Sie ist artfremd.

Die schöne Wissenschaft übt eine fatale Doppelliebe: zur Kunst und zur Wissenschaft. Sie hat ihre eigene Art.

Die Wissenschaft kann ebensowenig Ästhetik begründen wie die Kunst. Ästhetik ist schöne Wissenschaft. Man findet sie nicht im Kunstwerk und nicht in wissenschaftlichen Abhandlungen, wohl aber in Aphorismen, Essays und Tagebüchern.

Schöne Wissenschaft ist Ästhetik der Freiheit.

Literatur- und Kunstgeschichte

Die Geschichte der Literatur ist Voraussetzung für ihre Wesensdeutung. Andererseits kann erst die Erfahrung des Wesens im eigenen Denken die geschichtliche Spur sichern. Auf nur einem Wege ist das Geheimnis nicht zu ergründen ...

In der Literatur- und Kunstgeschichte wird die künstlerische Form der Darstellung zur wissenschaftlichen Aussage. Darum findet man die bedeutendsten literatur- und kunstgeschichtlichen Arbeiten nicht unter den stoffgefüllten, anmerkungsreichen Abhandlungen, sondern im Bereich der Essayistik, deren Prägnanz nicht ohne die Kunst des Weglassens erreicht wird.

Die Geschichte der Literaturgeschichtsschreibung zeigt: einseitiger Platonismus führt ins Geschichtslose einer ewig gleichbleibenden Ideenwelt – einseitiger Aristotelismus führt ins Geschichtslose eines bloßen Nacheinanders äußerer Fakten. Ein aristotelisch gegründeter Platonismus, ein platonisch orientierter Aristotelismus könnte den Weg in die wirkliche Geistgeschichte eröffnen.

Meditative Werkerfahrung

Meditation als Erkenntniskunst eröffnet Wege zur Kunsterkenntnis.

Ein Werk – Text, Bild und so weiter – wird vielseitig *analysiert und vorgestellt.* Es ist nicht ratsam, vom Gefühl auszugehen, da das Gefühlsleben zunächst halbbewußt verläuft und insofern keine Erkenntnissicherheit bietet. Aber das Denken gerät am Gegenstand der Kunst in die Krise. Es bedarf der Vertiefung.

Nach der anfänglichen Überschau im distanzierenden Denken und Vorstellen achtet der Erkenntnissucher auf seine *Gefühle,* die sich am Werk entzünden: Er nimmt es auf ins Gemüt.

Dabei verzichtet er auf Vorstellungen, die zu haltlosen Aussagen verleiten und das Gefühl verfälschen. Ein bewußt geübter Verzicht im Bereich der Vorstellungsbildung ist nötig, wenn sich das Werk selber aussprechen soll. Erst nach der Selbstaussprache des Werkes in das durch gedankliche Analyse objektivierte Gefühl erfolgt die *willentliche Versenkung,* als Identifikation.

Gewöhnlich schläft der Wille. Darum verrät sich jede vorschnelle Identifikation als Anhängerschaft und Parteilichkeit. Aber ohne Identifikation bliebe Kunsterkenntnis äußerlich.

Der zunächst äußere Eindruck des Werkes wird auf dem Wege der Meditation, über eine Aktivierung von Denken, Fühlen und Wollen, zur inneren Erfahrung.

Der Kunstgenießende mag es bei der inneren Werkerfahrung bewenden lassen. Der Literatur- und Kunsthistoriker als Vertreter der schönen Wissenschaften muß sich zur öffentlichen Darstellung durchringen.

Dabei geht er nun den gleichen Weg von innen nach außen. Aber was zunächst nur Analyse war und Beschreibung, wird zur Synthese und in ihrer höchsten Form selber Werk: als Essay oder, in kürzester und prägnantester Darstellung, als Aphorismus.

Werke durch Werke zu erschließen, als ein Beitrag zur Selbsterkenntnis der Menschheit, ist Aufgabe der schönen Wissenschaften.

Kritik

Das Gefühl sagt: schlecht. Dann setzt das Denken ein und liefert den Beweis für das schlechte Gefühl. So wird das Gute übersehen.

Übung

Das Gute wollen. Dann setzt wieder das Denken ein und liefert den Beweis für das gute Wollen. Am Ende steht das gereinigte Gefühl.

Erkenntnisgrenzen

Damit Grenzen überschritten werden können, müssen Grenzen gesetzt sein. Es gibt also Erkenntnisgrenzen, aber nur als Voraussetzung des Erkennens: Jede Erkenntnis ist eine Grenzüberschreitung.

Erkennen durch Übersetzen

Rudolf Steiners «Philosophie der Freiheit» beschreibt den Weg von der Wissenschaft der Freiheit zu ihrer Wirklichkeit, das heißt: *de la connaissance à la co-naissance de la liberté.*

Erkenntnis ist zweckfrei

Erkenntnis ist zweckfrei, oder sie ist nicht. Ein Zweck ergibt sich erst *aus* der Erkenntnis *für* das Handeln. Wer das Erkenntnisleben äußeren Zwecken unterordnet, sündigt wider den Geist.

Wissenschaft, Kunst, Religion

Wissenschaft ist konfessionell, insofern ihre Ergebnisse Geltungsanspruch für andere haben, die den Erkenntnisprozeß nicht nachvollziehen können.

Kunstschaffen ist mit Selbstgenuß verbunden. Auch der Betrachter genießt, jeder für sich und jeder anders.

Wissenschaft ist generalisierend, Kunst subjektivierend.

Die höhere Einheit von Wissenschaft und Kunst führt zur religiösen Vertiefung, zum Erleben der Individualität in der Gemeinschaft.

Die verschleierte Göttin

Wenn Isis sich nicht verschleiert hätte, gäbe es weder Kunst noch Wissenschaft.

Esoterik hat nichts zu verbergen.

Frage nach dem Recht

Das äußere, für alle geltende Recht ersetzt im einzelnen das ihm mangelnde «richtige» Gefühl.

Das Rechtsleben kann nur unter ästhetischen Gesichtspunkten sinnvoll gestaltet werden. Wer schreibt eine Ästhetik des Rechts?

Stimmung

Stimmung entsteht, wenn man sich in Übereinstimmung bringt.

Gedächtnis und Erinnerung

Gedächtnis bewahrt Göttergedachtes. In die Erinnerung tritt Selbstgedachtes. Darum schwindet das Gedächtnis in dem Maße, als die Erinnerung wächst.

Ohne Erinnerung keine Vergangenheit.

Die Seele hat Gedächtnis. Der Geist erinnert.

Wissen, Erleben, Erkennen

Wer weiß und nicht erlebt, was er weiß, hat keine Erkenntnis: Erleben geht über Wissen.

Wer erlebt und nicht weiß, was er erlebt, hat keine Erkenntnis: Wissen geht über Erleben.

Wissen und Erleben bilden eine Polarität, die einer Aufhebung dient, in der wirkliche Erkenntnis sich erst bildet.

Verzicht und Opfer

Opfern kann man nur, was man hat: Substanz des eigenen Wesens. Verzicht setzt voraus, daß ein anderer opfert. Man kann auf die Annahme verzichten.

Selbsterkenntnis

Wer sich im Abgrund erblickt, schaut von oben.

Vice versa!

Erwachender Wille

Wer kann schon fühlen, was er will oder gar: denken, was er will!

Ich weiß nur, was ich mir vorstelle, nicht, was ich wirklich will. Mein Wille schläft. Aber ich kann versuchen zu wollen, was ich denke. So erwacht der Wille.

Bewußtseinserweiterung

Der Mensch erlebt Erkenntnisgrenzen als Wahrnehmungs- und Begriffshorizont.

Übt er sich im Begriffsleben des reinen Denkens, erweitert sich der Horizont seiner Wahrnehmung. Versenkt er sich übend in die Welt der Wahrnehmung, erweitert sich der Horizont seines Begreifens.

Im Erkennen erscheint ihm die Wahrnehmung als Begriff und der Begriff als Wahrnehmung. Er erlebt dann: Die Welt wird durch mich, ich werde durch die Welt. Es gibt nur eine Welt, die ich selber bin.

Unterwegs

In der Meditation wird das Denken andächtig.

Mit dem Denken suchen wir die Wahrheit, zugänglich wird sie im Gefühl.

Aus der Sprache heraus denken. In die Sprache hinein denken.

Kein Gedanke ohne das Wort.

Gedanken sind Lichtspuren.

Das Denken in seiner höchsten Form ist substanzbildend.

Erkenntniswege sind Übungswege.

Man wird, was man erkennt.

Golgatha: die große «Aufhebung».

Von der Vorstellung über das Denken zur Imagination

Der Gegenstand wird durch die Sinne wahrgenommen, und er kann vorgestellt werden. Das erkennende Ich kann einen Begriff vom Gegenstand haben und mit ihm wesenseins werden.

Dementsprechend unterscheidet Rudolf Steiner:

1. Gegenstand, 2. Vorstellung, 3. Begriff, 4. Ich (Wesen). Diese Reihenfolge ist eine Stufenfolge: Der Gegenstand ist am weitesten von der geistigen Wirklichkeit entfernt, das Ich oder das Wesen *ist* geistige Wirklichkeit.

Platon unterscheidet im sechsten und siebten Buch seiner «Politeia» – mit anderen Worten – diese vier Wirklichkeitsebenen und Erkenntnisstufen, indem er mit der Vorstellung beginnt: 1. Vorstellung, 2. Gegenstand, 3. Begriff, 4. Wesen oder Idee. Die Vorstellung ist am weitesten vom Wesen entfernt, weil sie den Gegenstand nur abbildet: als blassen Schatten.

An der Vertauschung von Vorstellung und Gegenstand in der Stufenfolge wird der Ich-Einschlag in der abendländischen Denkbewegung von Platon zu Steiner erlebbar. Die Wende beginnt mit Aristoteles.

Für Platon war die Reflexion beim Vorstellen noch ein rein passiver Vorgang. Die Seele empfing die Vorstellung wie den Begriff: ohne Ich-Aktivität, als bloßes Spiegelbild. Der Geist in der Seele war noch nicht so weit individualisiert, daß er sich als «Ich bin» so abgegrenzt und produktiv erleben konnte wie in der späteren Menschheit.

Begriffe werden auch heute noch empfangen. Vorstellungen hingegen können seit dem Mittelalter aktiv vom Ich gebildet werden. Der Mensch vermag sich als Erzeuger seiner Vorstellungen zu erleben. Er nennt dies gewöhnlich «Denken». Dabei berührt das Ich als geistiger Wesenskern der Seele den physisch-mineralischen Leib und die physisch-mineralische Welt. Reflektierend entsteht das Bild am Lebenskraftleib: die Vorstellung. Insofern das Ich sie hervorruft, kann sie auf höherer Stufe als der Gegenstand erlebt werden, den sie abbildet.

Das gilt für den Denker, der mit Ich-Aktivität vorstellt. Für das gewöhnliche Bewußtsein – Steiner spricht von «naivem Realismus» – ist die Vorstellung heute noch das blasse Spiegelbild der «Wirklichkeit», das «von selbst» in der Seele entsteht und darum – mit Platon – noch weiter von der geistigen Wirklichkeit entfernt ist als der Gegenstand.

Es käme aber darauf an, die Vorstellung als wirklich, das heißt mit Ich-Einschlag erleben zu können. Sie wird auf diesem Wege zur Imagination. Das Ich verwirklicht sich im Denken, wenn es die Vorstellung zur Imagination erhebt.

Die Auferstehung setzt aber den Tod voraus. Die Vorstellung bedarf der Auslöschung, um als Imagination aufzuerstehen. Das geschieht durch «reines» Denken. Das Ich löscht die Vorstellung des sinnlich-wahrnehmbaren Gegenstandes aus und berührt die geistige Welt im Begriff.

So entsteht die Imagination aus dem Begriff, aus reinem Denken. Insofern aber der Begriff dem Gegenstand zugrunde liegt, den die Vorstellung abbildet, ist die aus ihm entspringende Imagination die auferstandene, verlebendigte Vorstellung als «exakte Phantasie».

Das Ich berührt in der Vorstellung die Sinneswelt, im Begriff die Geistwelt. Zwischen Vorstellung und Begriff klafft der Abgrund. Durch Imagination wird er anfänglich überwunden.

Denken, Fühlen, Wollen

Das Denken bildet Vorstellungen.
Das Gefühl erfaßt den Begriff.
Der Wille führt Wesen zu Wesen.

Imagination, Inspiration, Institution

In der Imagination wird die Innenwelt zur Außenwelt.
In der Inspiration wird die Außenwelt zur Innenwelt.
In der Intuition erfolgt die *Coincidentia oppositorum*.

Symbol und Allegorie

Symbole sind vieldeutige Bilder. In der Allegorie wird das Bild zum Zeichen. Wenn das Bild zum Zeichen wird, habe ich es verstanden. Die Deutung zeigt sich, es wird eindeutig.

Symbolisches Denken führt zur imaginativen Erkenntnis, allegorisches Denken zur inspirativen Erkenntnis.

Im symbolischen Erleben bin ich eins mit dem Bild des Gegenstandes. Im allegorischen Erleben bin ich eins mit der Bedeutung des Gegenstandes. Im intuitiven Erleben wird der Gegenstand aufgehoben und ich mit ihm.

Dichten

Dichten heißt Verdichten. Im Gefühl der Verdichtung wird der Wille als reines Denken erlebt, an dem sich neue Gefühle entzünden können.

Dichten heißt Erinnern. Ein Äußeres wird nach innen genommen, aber so, daß es sich dort wandelt. Es erhält in der Verdichtung neue Objektivität. Es wird als ein Inneres nach außen gebildet und wird Imagination. Gewöhnlich werden Wörter verbraucht. Der Dichter arbeitet an ihrer Erlösung, so daß das Wort zum Erlösenden werden kann. Es ist dann der wirkliche Vermittler zwischen Gott, Mensch und Natur.

Denken

Es gibt kein wahres Denken ohne die Liquidation des Gewordenen. Das Gewordene «ist» in seinem Bestand nur scheinbar. Es bedarf der Aufhebung ins Sein durch die Reinigung im Fluß des Denkens.

IV.

Kunstgedanken

Die schönste Metempsychose ist die,
wenn wir uns im andern wieder auftreten sehn.

Johann Wolfgang von Goethe

Moderne Ästhetik

Die platonische Ästhetik des deutschen Idealismus fordert die Abbildung wahrgenommener Geistinhalte im Sinnlichen. Idealität erscheint in Vollkommenheit, der künstlerische Prozeß ist abgeschlossen.

Die moderne Ästhetik ist *Poetik:* Umbildung des Sinnlich-Gegebenen. Diese Umbildung ist niemals abgeschlossen: Der Kunstbetrachter und Leser ist einbezogen in den künstlerischen Prozeß.

Modern und «postmodern»

Die «Postmoderne» setzt die Moderne in den Begriffsschatten einer am Vergänglichen orientierten Trivialaufklärung, als Epoche unter anderen. Die wesentlichen Vertreter der Moderne selbst haben sich aber stets überepochal verstanden, wann auch immer ihr Beginn gesetzt wurde, 1899, 1850, 1413, 1250 oder mit dem Erdenleben Christi: als sich übersteigend in ein neues Bewußtsein.

Der erste Moderne war Paulus. Die moderne Einweihung beginnt mit Christian Rosenkreuz, die moderne Philosophie mit René Descartes, die moderne Lyrik mit Gérard de Nerval. Die «Postmoderne» fällt demgegenüber zurück in die Beliebigkeit längst überwundener Bewußtseinsstrukturen.

Die «Postmoderne» ist epigonal; sie negiert die Zukunft der Kunst. Die Wende zur Moderne ist andauernd; sie kann sich immer wieder neu ereignen.

Klassische und moderne Kunst

Die menschliche Seele erlebt sich als zerrissen angesichts der Vollkommenheit der Natur. «Nachahmung der Natur» bedeutet für die klassische Kunst den Entwurf eines Nachbildes des natürlichen, das heißt: gottgeschaffenen Urbildes. Der Kunstbetrachter erlebt an der Vollkommenheit des Vorbildes eine Beruhigung seiner widerstrebenden Seelenkräfte. Die moderne Kunst beruhigt nicht, sondern verstärkt die Unruhe, weil sie anstelle der Vollkommenheit der Natur die Zerrissenheit der Seele nachahmt. Der Mensch fühlt sich aufgerufen, die verlorene Einheit in der Seele aus dem Ich wiederherzustellen.

Natur und Kunst

Die Lehre von der Imitatio naturae hat niemals vom Künstler verlangt, eine bloße Kopie des natürlich Geschaffenen herzustellen. Die vollkommene Nachahmung eines äußeren Gegenstandes wäre nicht Kunst, sondern allenfalls ein neuer Gegenstand für die Kunst. Der Künstler hebt hervor und läßt weg, er interpretiert. Er fertigt ein Bild, das notwendig von seinem Gegenstand verschieden ist und dennoch eine wahre Aussage enthält. Diese Aussage ist im Gegenstand selbst nicht zu finden. Die Kunst ist mehr als ihr Gegenstand.

Die Kunst ist eine eigene Welt, geschaffen vom Menschen, der in diesem Schaffen wird wie Gott. Kunst ist die Erfüllung der luziferischen Verheißung.

Kunst und Erkenntnis

Kunst und Erkenntnis bilden nur im gewöhnlichen Bewußtsein einen Gegensatz. Die Wahrheit bedarf ebenso wie das Kunstwerk der Hervorbringung. In der Formulierung der Wahrheit wird der Wissenschaftler zum Künstler. In der Durchlichtung seines Schaffens, in «exakter Phantasie» (Goethe), wird der Künstler zum Wissenschaftler. Die Umkehrung erfolgt jeweils im meditativen Bewußtsein.

Malerei

Der Maler malt nicht, was ist, sondern was aus seiner Beziehung zum Seienden in die Sicht kommt.

In der Farbe ist der Gegensatz zwischen Licht und Finsternis aufgehoben: Malerei ist in ihrem Wesen christlich.

Auch Bilder verändern die Welt: durch die Wandlung des Menschen, der sie anschaut.

Der Impressionist malt das Innere der Außenwelt. Der Expressionist malt das Äußere der Innenwelt.

Naturalismus: Dominanz des «sinnlichen Triebs».
Abstrakte Malerei: Dominanz des «Formtriebs».

Malerei ist ein Verhängnis.

In seinem Bild sieht der Maler – sich selbst.

Verhängnis

Den Londoner Nebel hält Oscar Wilde für eine Erfindung der Impressionisten. Bevor diese den Nebel malten, habe es gar keinen gegeben. Hat die Kunst die Wirklichkeit verändert? Das wohl nicht, aber durch die Kunst sind die Menschen aufmerksam geworden auf einen Tatbestand, der vorher genausoviel und genausowenig vorhanden war, dessen sie sich nur nicht bewußt waren. Den Nebel gab es auch ohne die impressionistische Malerei. Aber die Wirklichkeit ist dem Menschen verhangen, und die Kunst vermag das Verhängnis aufzuheben.

Zwischen Abstraktion und Naturalismus

Bild ist Bild von «etwas». Insofern ist «abstrakte» Malerei ein Widerspruch in sich. Sie negiert den Bildcharakter der Malerei.

Demgegenüber treibt naturalistische Malerei den Bildcharakter in die doppelte Illusion; denn ihr Gegenstand hat selbst bereits Bildcharakter.

Malerei ist Bildlichkeit als Wesensausdruck.

Das Porträt

Im Porträt wird das Ich Bild. Das Ich kann nicht beschrieben, wohl aber gemalt werden: wenn der Maler der Intuition mächtig ist. Die Sprache kann Intuitionen nicht unmittelbar ausdrücken, in der Sprache lebt die Imagination.

Kunstsätze

Kunstentwicklung: Bisher wurde das Zeichen zum Bild. Wird künftig das Bild wieder zum Zeichen?

Kunst kennt kein Mittelmaß: sie hebt sich aus dem Durchschnitt heraus oder ist nicht.

Nicht jede Originalität ist Kunst, aber jede Kunst ist original.

Die Eurythmie bringt etwas vom Tanz der Götter im Tanz der Menschen zur Erscheinung.

Jedes literarische Kunstwerk ist Fragment einer inneren Selbstbiographie.

Blumen und edle Steine

Blumen sind Bilder der Reinheit. Darum werden sie von Künstlern gerne gemalt. In den Edelsteinen spricht uns die Reinheit unmittelbar an. Darum sind sie kein Objekt für Maler.

Mosaiken

Mosaiken spielen im Kunstbetrieb nur eine bescheidene Rolle, oft eine dienende: Die Kunst liegt im Entwurf, im Mosaik die Ausführung. Es käme aber darauf an, im Farbenspiel der Smalten selbst schöpferisch zu werden.

Das Mosaik ist konservativ. Gewaltsame Neuerungen sind ihm wesensfremd. Es käme aber darauf an, im Bewahrenden das Neue sichtbar zu machen: Tradition, die sich wandelnd selber aufhebt.

Selten führen Mosaiken zu persönlichem Erfolg. Man findet sie nicht bei den bekannten Künstlern, sondern abseits vom Wege der Großen, wo sie auch hingehören: nicht ins grelle Tageslicht, sondern in den Schatten, ins Halbdunkel. Da entfalten die Steine ihr geheimes Leben.

Suche nach dem verlorenen Paradies

Luzifer brachte die Kunst. Wegen der Kunst verlor der Mensch das Paradies. Wenn er durch seine Kunstschöpfung wie Gott wird, erlangt er dabei auch die Fähigkeit, das verlorene Paradies wiederzufinden. Christus brachte die Liebe. Liebe die Kunst: du findest dich selbst und Luzifer die Erlösung.

Farben und Formen

Die Erde, geliebt vom Licht, gebiert die Farben. Aus der Farbe, geliebt vom Menschen, entstehen die Formen: Malerei.

Dichter und Maler sind traumverloren.
Schöne Wissenschaft: Traumkunde.
Dichter und Maler der Zukunft *denken* ihre Träume.
Die schöne Wissenschaft wird Geistkunde.

Kunstschaffen befreit.

Kunstreproduktion

Wieviel vom Original doch Reproduktionen, auch die besten Drucke, *nicht* vermitteln: den Geist, der sich ins Werk ergossen hat, vom Künstler abgelöst im Akt des Schaffens, der Selbstheit Opfer, der, ein Eigenwesen, zum Betrachter spricht.

Auch Musik läßt sich in ihrer geistigen Wirklichkeit nicht vervielfältigen. Hi-Fi: Vollkommenheit der Illusion.

Nicht der Ton macht die Musik, sondern der Zwischenraum, was zwischen den Tönen schwingt.

Kunstreproduktion: Illusion einer Erinnerung an Kunst.

Musik

Moderne Kunst ist musikalisch. Ein Kunstwerk ist in dem Maße modern, als Musik in ihm enthalten ist.

Was bedeutet das für die Musik? Gibt sie sich selber auf im Maße, als sie die anderen Künste durchdringt?

Die Kunst und der Festtag

Wo der Sinn für die Festgestaltung verlorengeht, gerät die Kunst in die Dekadenz.

In alten Zeiten bestimmten die Feste das Leben und die Arbeit des Menschen. Heute sind sie Unterbrechungen im Arbeitsprozeß. Man ruht oder geht Ausgleichsbeschäftigungen nach. So wird die Kunst am Festtag zur Freizeitbeschäftigung.

Regie

Das Schiller-Theater, Berlin, zeigte Königin Elisabeth, wie sie erbost mit Fäusten auf Leicester einschlägt und sich einträchtig mit ihm am Boden wälzt. Der Playboy läßt sich entschuldigen ...

In einer Nürnberger «Stella»-Inszenierung wurde der Eindruck erweckt, als bekämen die Personen abwechselnd epileptische Anfälle. Als der Regisseur ausgebuht wurde, streckte er den Zuschauern die Zunge entgegen.

Ein Regisseur wurde nach seiner Konzeption gefragt: «Ich wage etwas ganz Revolutionäres, ich inszeniere nämlich das Stück.»

In alten Zeiten wohnten die Götter im Tempel. Bei Wagner bauen sie sich eine Burg. Nun sitzen sie – 1978 bei Heyme, dem Regisseur – im Warenhaus.

Späte Rache der Riesen?

Immerhin sagte schon Heraklit, daß die Götter auch am Ofen zu finden seien. Warum also nicht in einem Warenhaus, dem Tempel der Moderne?

Welche Götter?

Tragik

Der Satz vom unausgleichbaren Gegensatz ist eine Fiktion, die in einer zu kurz gedachten Dialektik gründet. Gegensätze gibt es nur im Bereich des Vergänglichen. Im Unvergänglichen sind sie aufgehoben. Dualistisch gedacht, vom diesseitigen Standpunkt, erscheinen sie als unausgleichbar. Dialektisches Denken hebt den Dualismus auf: Das Jenseits ist kein unerreichbares «Ding an sich», sondern im Diesseits erfahrbar – spätestens im Tode.

Der tragische Untergang ist eine Weise, Transzendenz zu erfahren, in der die Gegensätze als Einheit erfahren werden. Genaugenommen ist die Erfahrung der Transzendenz ohne einen Untergang gar nicht denkbar. Es muß ja nicht immer gleich der Tod sein. Es gibt auch einen partiellen Tod. Jede Selbstüberwindung ist Todeserleben: ein Stück niederes Selbst stirbt ab.

Tragödie

Seit Aischylos ist in der Tragödie von Göttern die Rede. Doch welch ein Unterschied in der Konzeption: bei Aischylos sind sie noch gegenwärtig; dann entschwinden sie – mit wenigen Ausnahmen – für Jahrhunderte ins Moralisch-Erbauliche und Ästhetisch-Unverbindliche. Bei Racine ist Venus nicht mehr als ein Name für die sinnliche Leidenschaft.

Tragödie der Tragödie

Anouilhs «Antigone» zeigt als Tragödie der Tragödie deren Transzendenz: Wenn Antigone in den Tod geht, aber nicht mehr weiß, warum sie stirbt, und Kreon recht gibt, dann ist dieser Tod absurd, nicht tragisch. In der Folge dieses absurden Theaters erscheint das Theater des Absurden.

Figura

Gott tritt im mittelalterlichen Drama als *Figura* auf: Er wird nur im Bilde gedacht, nicht mehr in der Wirklichkeit erfahren. Das Bild Gottes in der Seele des Menschen ist der Grund für die Entfaltung von Glaubens- und Gemütskräften, zugleich aber auch die Voraussetzung des Zweifels. Im Bild steht die Wirklichkeit in Frage. Die Wirklichkeit ist fraglos.

Theater der Desillusion

Brecht zerstört die Illusion, um zu zeigen, «wie es wirklich ist». Das aber ist wieder eine Illusion.

Claudel macht die Illusion als solche bewußt: die Illusion, als sei das, was auf der Bühne geschieht, Wirklichkeit. Auf der Bühne wird nur gespielt – Abglanz einer tieferen Wirklichkeit.

Klassizität und Modernität im Drama

In der antiken Tragödie ist der Mensch abhängig von den Göttern. Im naturalistischen Drama ist er ebenso abhängig von Umwelt und Vererbung.

Das *aristotelische* Drama entspricht der *platonischen* Ästhetik des deutschen Idealismus.

Das klassische Drama zeigt den Helden als Vorbild. Das moderne Drama zeigt den Helden im Gegenbild. Das Vorbild hinterläßt im Zuschauer ein Nachbild, das ihm stets über ist. Das Gegenbild ist ein Vorwurf zur Überwindung seiner Nähe. In jedem Falle fühlt sich das Ich aufgerufen, über sich selbst hinauszuwachsen.

Maurice Maeterlinck und Edouard Schuré. Der eine findet – im «drame statique» – eine neue Form, aber keine geistige Wirklichkeit. Das Metaphysische wird nur als Stimmung evoziert. Der andere findet – im «théâtre de l'âme» – wohl eine neue Spiritualität, aber keine angemessene Form für sie. Seine Dramen sind epigonal.

Antonin Artaud und Rudolf Steiner. Beide intendieren die Erneuerung der Bühnenkunst aus dem Initiationsprinzip. Aber während Artaud auf alte Bewußtseinsformen zurückgreift und die Sprache zerbricht, setzt Steiner mit einer Erneuerung der Sprachgestaltung ein. Artaud wirkt über die Sinneswahrnehmung, Steiner über die Aktivierung des Denkens.

Paul Claudel bildete seinen Sprachstil am Denkstil des Thomas von Aquin.

Samuel Beckett: Godot kommt nicht, es sei denn, wir gehen ihm entgegen.

Und wenn er käme: sind wir darauf vorbereitet? Estragon verschläft seinen Boten ...

Fragen

Naturalismus: Wozu das Leben, «wie es wirklich ist», im Theater sehen?

Dichtung im zwanzigsten Jahrhundert: Nie zuvor gab es so viel Schmutz im geschriebenen Wort. Wer sieht das Licht, das solchen Schatten wirft?

Verdummung, Exhibitionismus, seelische und leibliche Dekadenz als literarische Mode: Wo sind die Modeschöpfer einer neuen Reinheit im Sprachbereich?

Neue Metaphysik

Die moderne Literatur im Zeichen einer neuen Metaphysik: Das Neue dieses metaphysischen Grundzugs der Moderne gründet im Prinzip der Erfahrung. Eine Metaphysik, die nur überkommene christlich-platonische Jenseitsvorstellungen tradierte, wäre ebensowenig modern wie die nominalistische Variante des Aristotelismus, die seit einigen Jahrhunderten das Weltbild der neuzeitlichen Naturwissenschaft prägt. Die neue Metaphysik der Moderne ist ein Monismus: Diesseits und Jenseits werden als Einheit gefaßt. Das bedeutet eine entschiedene Absage an den Dualismus Kants. Die moderne Literatur zeigt, daß auch die Dinge «an sich» erfahrbar sind.

Moderne Lyrik

Der moderne Dichter hat zu seinem Erlebnisbereich ein anderes Verhältnis als der Dichter der neueren Klassik und Romantik. Er spricht nicht mehr unmittelbar aus, was er erlebt hat. Das Erlebnis wird bewußt verfremdet. Und wenn er «ich» sagt, kann sich dies erlebnismäßig auf einen anderen beziehen, dessen Rolle das Ich spielt.

Das moderne Gedicht will nicht unmittelbar auf Gefühl und Willen des Lesers wirken, sondern sein Denken anregen. Darum vermittelt es nicht Bekenntnisse, sondern Ansätze zur Erkenntnis. Und darum wirkt es auf den ersten Blick vielfach spröde und intellektuell. Moderne Lyrik ist nicht Gedankenlyrik, wohl aber Denklyrik.

In klassisch-romantischer Dichtung wird die Seele des Lesers auf Klänge und Rhythmen – besonders durch den Endreim – eingestimmt. Dabei wird das Bewußtsein nicht gesteigert, sondern eher abgedämpft. Man fühlt sich getragen im Sprachfluß. Darauf verzichtet der moderne Dichter: Das Ich des Lesers soll sich selber tragen. Es soll nicht aufgehen im Einklang, sondern bewußt einen Weg beschreiten: zum inneren Sinn der Sprachgestalt.

Der moderne Lyriker verdichtet Erfahrungen so, daß der Leser zu eigenen Erfahrungen angeregt wird. Weder Gedanken noch Gefühle werden unmittelbar mitgeteilt: Wenn der innere Sinn erschlossen werden soll, muß er verrätselt sein – verrätselt, aber darum nicht unzugänglich.

Weil er sich und seine Erfahrungen nicht unverhüllt mitteilen, sondern zu Erfahrungen anregen will, ist der moderne Lyriker in erster Linie ein Künstler im Weglassen. Er ist nicht mitteilsam. Als höchste Tugend schätzt er den Verzicht. Ein modernes Gedicht ist vielfach nur eine kurze Formel, die gelegentlich mantrischen Charakter haben kann: Dabei ist dann jedes Wort bedeutungsvoll.

Der Reim

«Reim» war ursprünglich das Wort für Verszeile. Die Bedeutung «Endreim» setzte sich erst durch, als der Endreim – nachdem er jahrhundertelang die europäische Lyrik beherrscht hatte – von Klopstock und anderen wieder in Frage gestellt wurde.

Stabreim: Entwicklung des Willens.
Endreim: Fahrzeug der Gefühle und «Echo des Gedankens».

Auch Gedankenlyrik bevorzugt den Endreim, Denklyrik kann auf ihn verzichten.

Goethe und Novalis

Goethe malt und plastiziert seine Gedichte, Novalis hört sie. Goethe imaginiert, Novalis ist inspiriert.

Der Weg des Novalis führt nach innen, Goethe sucht den Geist in der Natur. Novalis ist im Innern so erfüllt vom Geist, daß er äußerlich zerbricht. Er wird eins mit dem Kosmos und stirbt schon in jungen Jahren. Goethe arbeitet sich ein in die Außenwelt der Sinne: Dabei wird er immer mehr er selbst und schreibt seine bedeutendsten Werke erst im hohen Alter.

Ausgehend vom Erleben der Universalien im schattenhaften Denken *post res* wird durch den künstlerischen Schaffensprozeß in Goethe das Erleben der Universalien *in rebus* und in Novalis das Erleben der Universalien *ante res* angeregt.

Nervals Hermetik

Nervals «Chimären» bilden einen Zyklus hermetischer Sonette, die neben Baudelaires «Blumen des Bösen» in der Mitte des neunzehnten Jahrhunderts schon Zeichen der Modernität setzen. Diese Zwölfheit ist nicht dunkel nur um der Verschlossenheit willen. Der Traum ist für Gérard de Nerval der Bereich, in dem sich die Welt der Lebenden und die Welt der Toten durchdringen: ein Weg zur Erkenntnis. Dichtend versuchte er, den «Nachtgeistern, die unserer Vernunft spotten, ein Gesetz aufzuerlegen», das er nicht nur in überlieferter Symbolik suchte, sondern auch und vor allem im eigenen Ich, das durch wiederholte Erdenleben schreitet, subjektiv und überpersönlich. So steht die Hermetik Nervals beim Übergang von der Romantik zur Moderne im Zeichen einer *Ästhetik der spirituellen Erfahrung*.

Dichten und Denken

Denklyrik regt im Leser das Denken an. Denken reinigt die Seele. Denklyrik ist heilkräftig: sie stärkt das Ich.

Die Einfachheit trifft kein Vorwurf, wenn der Leser die Tiefe einfacher Sätze und Bilder nicht erkennt.

Der Romantiker kann nicht enden, der moderne Dichter verstummt immer wieder: wer ihn verstehen will, muß die Sprache des Schweigens erlernen.

Heideggers Suche nach denkenden Dichtern: Symptom der Moderne.

Notwendigkeit und Willkür

Goethe sagt in seiner «Italienischen Reise» von großer Kunst: «Da ist Notwendigkeit, da ist Gott.» Das gilt nicht nur für die Antike, die Goethe im Blick hatte, sondern für die Kunst aller Zeiten und Stile, für moderne Lyrik ebenso wie für das romantische Lied. In der Moderne ist aber die Gefahr der Verirrung größer als in den herkömmlichen Formen mit vorgegebenem Metrum, Reim und Strophe. Die Freiheit läßt sich nur allzuleicht mißbrauchen. Vielfach wird triviale Prosa in Zeilen gesetzt und als Gedicht bezeichnet. Auf der anderen Seite kann die Sucht nach Originalität zu gewaltsamen Wortkombinationen führen, die nichts verhüllen außer der Denkschwäche des Dichters. Selbst große Lyriker wie Paul Celan konnten den Verlockungen der Willkür im Sprachbereich nicht widerstehen …

Humor

Adam konnte nicht lachen. Erst nach dem «Sündenfall» wurde die Welt lächerlich.

Das Leben: Schattentheater.

Humor trägt die Seele in ihrem Flug über Abgründe.

Ohne Humor kein Verständnis der Zwei.

Lyrik, Epik, Dramatik

Der Lyriker ruft zu Gott.
Der Epiker spricht zu anderen Menschen.
Der Dramatiker hält Selbstgespräche.

Tagebücher

Ionescos «Journal en miettes» – Cibulkas «Liebeserklärung in K»: Was dem einen «Krümel» sind, kann dem andern zum Kunstwerk gereichen.

Tagebücher sind unvollendet. Sie haben Entwurfscharakter. Der Dichter entwirft: Der Leser kann weiterdenken.

Vom Tagebuch zum Aphorismenzyklus

Baudelaire entwickelte den Begriff der Modernität an der Mode: am Vergänglichsten. Dem Vergänglichen soll der Künstler ein Ewiges abringen. Unter diesem Gesichtspunkt wird das Tagebuch zur spezifisch modernen Gattung. Es ist die literarische Gattung der Vergänglichkeit schlechthin.

Gewöhnlich mangelt Tagebüchern die Formkraft. Im Verzicht auf den Schutt des Alltäglichen, in einer Sammlung seiner Ewigkeitskeime wird das Tagebuch zum Aphorismenzyklus.

Die Kürze

«Kurz will ich sein und werde dunkel», sagte Horatius Flaccus. Die Dunkelheit aphoristischer Kürze ist aber nur äußerlich. Hell will ich sein und werde kurz.

Dichtung

Dichtung ist Einbildung
des Daseins in Sprache,
der Sprache ins Sein.

L'Art pour L'Arbre!

Nachdem ein Kunsthistoriker ausführlich über ein modernes Denkmal gesprochen und es in 36 Lichtbildern aus immer wieder anderen Blickwinkeln gezeigt hatte, erhob sich Joseph Beuys, als einer der Zuhörer, und deutete auf die Bäume, die das Denkmal umgeben: Die Bäume, sagte er, sind doch viel interessanter als das Denkmal. Das Kunstwerk wollte er nur gelten lassen, insofern es uns auf die Bäume aufmerksam werden läßt. Ein weißer Stamm begeisterte ihn vor allen, die Weiße des Eukalyptus.

V.

Werkbetrachtung Malerei und Plastik

Kunst verhält sich zur Schöpfung gleichnisartig. Sie ist jeweils ein Beispiel, ähnlich wie das Irdische ein kosmisches Beispiel ist.

Die Freimachung der Elemente, ihre Gruppierung zu zusammengesetzten Unterabteilungen, die Zergliederung und der Wiederaufbau zum Ganzen auf mehreren Seiten zugleich, die bildnerische Polyphonie, die Herstellung der Ruhe durch Bewegungsausgleich, all dies sind hohe Formfragen, ausschlaggebend für die formale Weisheit, aber noch nicht Kunst im obersten Kreis. Im obersten Kreis steht hinter der Vieldeutigkeit ein letztes Geheimnis, und das Licht des Intellekts erlischt kläglich.

Paul Klee, «Schöpferische Konfession»

Paul Klee: Hauptweg und Nebenwege, 1929

Hauptweg und Nebenwege – Blick auf Paul Klee

Paul Klee (1879–1940) versuchte, das Werden inneren Wesens zu gestalten. Dabei kam er zu Grenzerlebnissen, die ihren Ausdruck in der Graphik und im Aquarell fanden. Er hat der Malerei im 20. Jahrhundert Wege gewiesen: «Hauptweg und Nebenwege».

Ein Hauptweg, breit, gerade, die Nebenwege unterschiedlich, krumm, teils in den Hauptweg mündend, teils nebenherlaufend. Alle Wege sind quergestreift: die Etappen erdfarben, blau, grün, blauviolett. Und das Ziel? Alle Wege erstrecken sich von unten nach oben und werden am oberen Bildrand durch drei horizontale Streifen in Blaugrün, Blauviolett und wieder Blaugrün begrenzt. Sie enden an der Grenze. Vom Ziel ist nichts zu sehen. Es liegt im Jenseits. Die Wege, Hauptweg und Nebenwege gleichermaßen, führen nur bis zur Grenze, die den Abgrund aufreißt: zwischen Sinneswahrnehmung und Intuition, Immanenz und Transzendenz oder wie immer die Gegensätze heißen. Entscheidend ist, daß es zur Erkenntnis des Sprunges über die Grenze bedarf, die das Ich vom Gegenstand der Erkenntnis trennt.

Wenn Morgenstern schreibt, «Wer vom Ziel nicht weiß, kann den Weg nicht haben», so würde wohl Klee antworten: Wer den Weg nicht hat, kann das Ziel nicht finden. Er malt nicht das Ziel, sondern den Weg – wie im übrigen ja auch Morgenstern nicht das Ziel, sondern den «Pfad» verdichtet hat: Das Ziel zu setzen und zu finden überlassen beide dem Betrachter und Leser.

Der Denker – Eine Collage von Nora Ruhtenberg

«Das Hineinschneiden in die volle Farbe», sagt Matisse, «erinnert mich an den direkten Schnitt der Bildhauer». Henri Matisse kam erst im Alter zur Technik der Collage als farbiger Scherenschnitt. So auch Nora Ruhtenberg (1890–1974). Aus der Farbmeditation suchte sie den Weg zur Form. Aber Farbe zerfloß und zerstäubte ... Zur Collage kam sie spielend mit ihren Enkelkindern. Aus Spiel wurde Ernst. Schon Rudolf Steiner hatte ihr den persönlichen Rat gegeben, stärker in die Form zu gehen. Die klare Form entstand nun durch den Schnitt der Schere.

Der Schnitt erfordert Entschlußkraft. Er ist eindeutig: fest, aber offen für Inspiration. Er ist keine gemalte Linie, aber eine scharfe Grenze zwischen Flächen.

Wie die Schere in die Farbe, so schneidet das Denken ins Sein. Es grenzt aus und verbindet.

«Der Denker» entstand um 1960 im Format 21 × 29 cm. Gedacht wird im Erdbereich: grün unten, fest gegründet. Gedacht wird mit dem Kopf, aber der Kopf ist eingebunden in die Umgebung. Kosmische Geistigkeit strahlt ein in Gelb- und Goldtönen. Trotz der scharfen Grenzen wirkt er nicht eingegrenzt.

Die Ich-Kraft im Rot verbindet Mikrokosmos und Makrokosmos.

Das Rot betont die Horizontale. Im Ganzen steht der Kopf aber deutlich in der Vertikalen, hervorgehoben

Nora Ruhtenberg: Der Denker, Collage

durch die hellen Blauflächen. Der Denker erlebt den Himmel auf Erden.

Grün, Blau, Rot, Gold/Gelb bilden als die dominierenden Farben einen Vierklang: Die Vier ist die Zahl des Ich. Der Denker erlebt sein Ich im Denken.

Strukturbildend in diesem Bild ist aber die Drei. Der Denker erscheint wie aus der Drei gebildet – eine Komposition aus Dreiecksflächen. Die Drei ist göttlich, das göttliche Bildeprinzip. Die Vier ist menschlich.

Dieser Denker erfährt das Göttliche, aber er wird nicht nur gedacht: er denkt. Im Denken erfährt er die Welt. So kommt er vom Ich zum höheren Ich.

«Die Leinwand, ich möchte sie durchstoßen» – Hans Maaß und sein Selbstporträt

Hans Maaß (geboren 1914) steht an der Staffelei in seinem Zelthaus mit Blick über die Wesermarschen, auf dem Urnenfeld, am Geestrand. Seine Bilder stehen aufgeräumt in den Dachschrägen. Die Neugier des Besuchers wird mit Photographien gedämpft, die in langer Reihe die Schrägwand zieren. Bilder seiner Bilder von unheimlichen Träumen. Wer nicht träumen kann, sollte nicht Maler werden. Wer aber nur träumt, kann dem Zeitgeist nicht begegnen. Hans Maaß sucht ihn, meditierend in Farbe und Form. Wegbegleiter waren ihm schon immer Goethe und Hölderlin, auch Stifter. Hölderlin bewegt, Stifter beruhigt. Goethe lehrt uns die Ehrfurcht. Hölderlin zitiert er weithin auswendig: «Größeres wolltest auch du ...» Hans Maaß lebt im Wort. Meinen Namen übersetzt er gleich ins Griechische – «Amphoras, klingt viel schöner», meint er – und das Land meiner Geburt, Pommern, deutet er mir als «Land am Meer».

Hans Maaß ist ein Einzelgänger, der es mit Morgenstern hält: «Die zur Wahrheit wandern, wandern allein.» Darum kann er ganz unbekümmert bei den alten Niederländern in die Schule gehen, die überlieferte Technik des Lasierens lernen: Schicht um Schicht, so daß die Ölfarbe von innen her leuchtet, und dann: die unheimliche Präzision in der Wiedergabe der Dingwelt, so unheimlich, daß sie den Betrachter ins Überwirkliche reißt.

«Die Leinwand, ich möchte sie durchstoßen», sagt der nüchterne Techniker, erschüttert, vor einem Porträt seines Freundes in Rudolf Steiners Mysteriendrama «Die Prüfung der Seele». Hans Maaß kennt das Drama nicht, aber er hat ein Selbstporträt gemalt (1981, 104 × 75 cm), in dem er von hinten die Leinwand durchstößt. Malt er «von der andern Seite»? Zerrissen ist diese Leinwand allerdings nicht. Fein säuberlich aufgeschnitten wirkt das Bild im Bild. Die Hand wird sichtbar, die den Pinsel hält. Spitz weist er nach oben. Von hinten nach oben. Alles ist symbolisch in diesem Bild: die Gegenstände, die Richtungen, hier die Vertikale, und «Wohnt im schiefesten Orkus nicht ein Grades, ein Recht noch auch?» Der Pinsel deutet auf den Blütenbereich eines Blumenstraußes. Die Stengel fehlen, vielmehr: wird hier der Pinsel zum Stengelgebind? Die Blüten haben keine Erdenbindung. Aber ein paar Tropfen fallen herunter. Tränen? Darüber, dahinter das tiefernste Antlitz des Malers, das ebenfalls die Vertikale betont. Oben der Bildrand, unten der Bild-im-Bildrand beschneiden das Antlitz, aber die Aufrechte dominiert, sie trägt die Tragik der zerknitterten Stirn. «Das Leid beuget gewaltiger.»

Die rechte Hand, die den Pinsel trägt, weist nach unten, aber durch den Pinsel deutet sie auf die Blüten; wie auch die linke Hand, die das Bild faßt: sie zeigt dem Betrachter die Blütenpracht. Eine Rose dominiert, die sich zum Betrachter öffnet. Eine Lilienblüte öffnet sich zum Maler. Im Hintergrund das Malerkreuz, die Staffelei. Und die Unterwelt ist die Dingwelt: Flaschen, Tuben, Lappen, Steine, Muscheln, Pinsel, die kleine Welt des Malers Maaß, die er mit einer Fliege teilt. Das Antlitz darüber, daneben, aber nicht als Nebensache. Die Individualität spricht sich aus in diesem Antlitz, aber auch in dem, was sie bewirkt als Malerei: Rosen und Lilienblüten auf weißer Leinwand, auf dunklem Kreuz der Maler im Hintergrund – Hans Maaß mit seiner Malerhand, die die Leinwand durchstößt, weil sie ins Wesen der Dinge zielt: «... und verstehe die Freiheit, aufzubrechen, wohin er will».

Hans Maaß: Selbstportrait, 1981

Ostern, die Alte und die Neue Welt – Eric Arlin: Die therapeutische Wand

Eric Arlin wurde 1924 in Litauen geboren und studierte in Paris bei André Lhote, bevor er Heilpädagoge wurde und gleichzeitig Schüler von Gérard Wagner in Dornach. Wagner wies ihm den von Rudolf Steiner gegebenen «Schulungsweg für Maler».

Als Maler und Heilpädagoge fragt Eric Arlin nach dem therapeutischen Wirken der Kunst. Er malt nicht um der Kunst willen, sondern – bewußt in der Tradition des Matthias Grünewald – um mit seinen Bildern dem Heilimpuls zu dienen. Er malt für bestimmte Menschen in einer bestimmten Umgebung, vorzugsweise große Wandbilder: für la Branche in Savigny, für den Sonnenhof in Arlesheim, für das Humanus-Haus bei Bern, für den Lehenhof am Bodensee. Intensiv studiert Eric Arlin die Gegend, den Ort, den Saal, die Wand und die Menschen, die mit der betreffenden Wand leben. «Es stellt sich heraus», schreibt er, «daß kleine Bilder zunächst mehr von den Kopfkräften aufgenommen werden; je größer sie sind, desto mehr wirken sie direkt in die Tiefen der Willensgefilde. Buchstaben ‹mit den Füßen schreiben zu lernen›, indem die Kinder die großen Formen auf dem Boden nachlaufen, ist eine spezifisch heilpädagogische Maßnahme. In die gleiche Richtung kann auch eine großflächige Malerei gehen, wenn sie beim Betrachten weite Bewegungen mit dem Auge, ja sogar einige Schritte ermöglicht. Ebenso wie wir den Tageslauf für unsere Kinder und Dörfler rhythmisch strukturieren, so fordern die großen Wände in unseren heilpädagogischen Instituten geradezu eine therapeutische Gestaltung heraus.»

Eric Arlin arbeitet mit Aquarellfarben, schichtweise durchscheinend aufgetragen, was zu einer intensiven Farbwirkung führt. Aus seiner Wandgestaltung strahlt geistige Sonnenkraft. Die Farben werden einzeln in bestimmten, immer wieder meditierten Sequenzen neben- und übereinandergefügt. Dadurch entsteht eine innere Dynamik, die vom Betrachter unbewußt nachvollzogen wird. Die tote Wand wird zur lebendigen Szene.

Für den Tycho-de-Brahe-Saal der heilpädagogischen Gemeinschaft Lehenhof am Bodensee schuf Eric Arlin im Jahre 1988 das Wandbild «Ostern – die alte und die neue Welt». Wegen der Mauerbeschaffenheit malte er nicht unmittelbar auf die Wand, sondern auf weiß grundierte Leinwand. Komposition und Maltechnik erinnern an seinen Lehrer Gérard Wagner. Die kräftigen Farben korrespondieren mit den Formen und Materialien der Saalarchitektur.

Für die «Farbenmelodie» wählte der Künstler nach zahlreichen Vorstudien die Sequenz: Ocker, Kobaltblau, Grüngelb, ins Violett gehendes Karminrot und Goldgelb. Die Dynamik dieser Farben bringt im freien – aber meditativ gegründeten – Spiel die Formen hervor: ein wirkliches Motiv, die Wende in der Menschheitsgeschichte; ein erlebtes Motiv, mit dem sich Eric Arlin mehr als mit anderen persönlich identifiziert.

Am Anfang trat, nach Aufzeichnungen des Künstlers, Ocker in die Weiße «wie ein kosmisches Samenkorn». Obgleich durchscheinend aufgetragen, erlebte er stark den Gegensatz zur großen reinweißen Fläche. Der Gegensatz läßt die Welt entstehen, die Alte Welt.

Zum Ocker tritt Kobaltblau. Die zweite Farbe schafft Bildraum und hebt den ersten Gegensatz auf. Hinzu tritt Grüngelb, bewußtseinsweckend; dann von rechts unten, das Blaue suchend, Karmin-Inkarnat, das als den fünften und letzten Farbklang das Sonnengelb empfängt. Hier verdichten sich die Auferstehungskräfte, die Neue Welt entsteht. Zunächst ist aber noch alles unfigürlich. Der Künstler warnt vor allzu raschen Vorstellungselementen. Das Motiv soll nicht aus der blassen Vorstellung kommen, sondern aus wirklichem meditativem Farberleben entstehen. Am Ende soll es sich aber auch zeigen und nicht nur geahnt werden. Die bloße Farbe ist noch kein Motiv.

So zeigt sich auf dem fertigen Wandgemälde rechts oben im Blau eine gekrönte Artemis – Isis – Sophia und links oben eine Sphinx. Die Alte Welt neigt sich in der Abendröte. Links unten blickt Maria Magdalena in das offene Grab. Der rote Engel hinter ihr weist in die Höhen. Der zweite Engel, hinter dem Stein, zeigt das durchscheinende Leichentuch. Die Engel wirken dunkel gegen die Gestalt des Auferstandenen, mit dem die Neue Welt aufbricht. Auch für Pflanzen und Tiere gibt es Hoffnung, wenn der Erlöste zum Erlöser der Natur wird. Die geflügelten Wesen rechts verbreiten die Osterbotschaft.

Eric Arlin: Ostern, die alte und die neue Welt, 1988

Der Auferstandene bestimmt das Geschehen. Darum sind die Kreuze klein und unscheinbar, überwunden; nicht schwarz, sondern weiß, von goldenem Licht überflutet, gleichsam zurückgenommen ins Welten-Ei, aus dem alles entstanden ist.

Zeigen, was nicht zu zeigen ist – Gerhard Wendland und sein Engel

Gerhard Wendland (1910–1986) hat sich «ausgeschrieben»: in Farbe und Form, vorzugsweise in Eitempera und im Siebdruck.

Wie der Dichter, so schreibt sich auch der Maler aus in seinen Bildern. Wird der Ausschreibeprozeß vom Bewußtsein kontrolliert, geht die Kunst verloren: das Gekünstelte und Ausgedachte tritt an die Stelle. Wenn sich aber die kontrollierende Instanz des Bewußtseins zurückhält im Schaffensprozeß, ist die gemalte Innenwelt selbst ihr eigener Maßstab. Es kommt also alles auf die Bildung der Seele an. Ein dämonisiertes Chaos im Innern kann sich nur in haltloser Willkür äußern.

Die Frage, wie die ausgeklügelte Abstraktion und die triebgebundene Willkür zu vermeiden sind, ist aber eine Frage an Erkenntnis und Selbsterkenntnis. Damit wird deutlich, wie die Kunst zwar nicht direkt, aber indirekt vom Erkenntnisstreben des Künstlers abhängt. Das hat Gerhard Wendland erfahren.

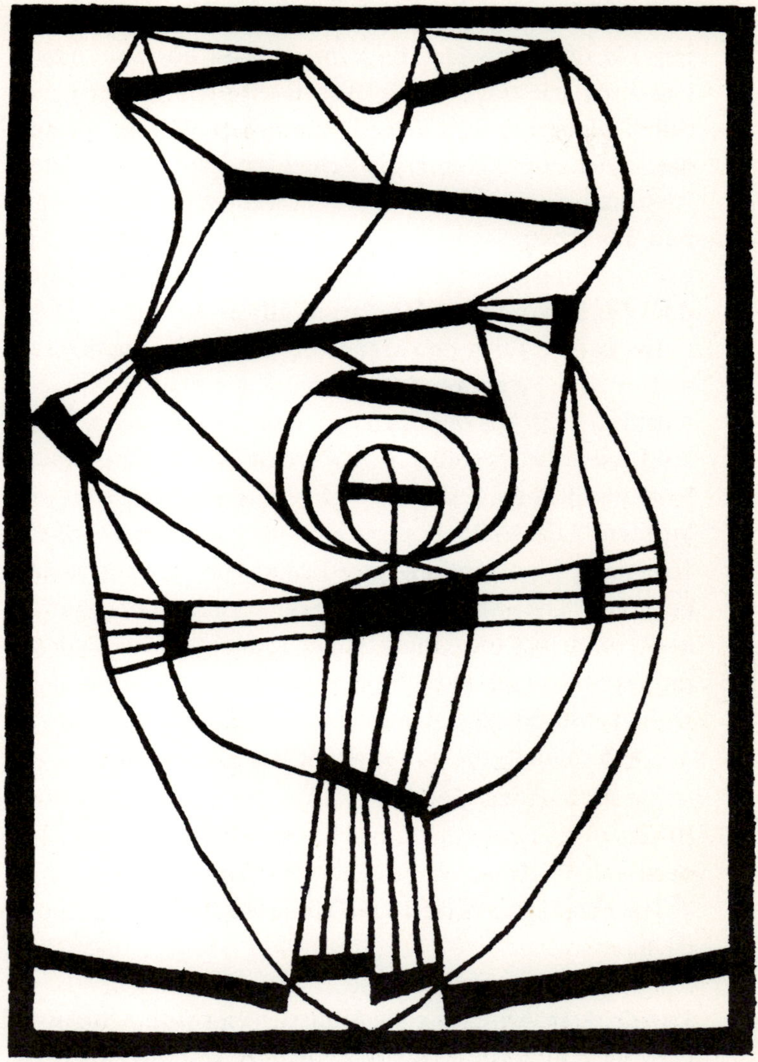

Gerhard Wendland: Berührung mit dem Engel, 1955

Unmittelbar vor seinem Tode sagte er, fast schon von jenseits der Schwelle: Es käme darauf an «zu zeigen, was nicht zu zeigen ist». Was nicht zu zeigen ist, hat seine Wurzeln im Geist. Darum lautete sein Malermotto: «Es obliegt mir, die Scheu vor dem sogenannten Abstrakten zu überwinden» (Steiner). Das «sogenannte» Abstrakte ist das in Wahrheit Konkrete: der Engel zum Beispiel. Der Engel entzieht sich gewöhnlich dem Menschenverstand; darum gilt er als «abstrakt».

Im Tode erfährt der Mensch eine Berührung mit seinem Engel. Wendlands «Berührung mit dem Engel» entstand 1955 aus dem Erleben einer Totenwache. Es ist ein Linienbild (Siebdruck im Format 17 × 12 cm). Linien berühren Linien. Jede einzelne ist mit allen anderen verbunden. Die Vielheit erscheint als gestaltete Einheit, Kreis und Kreuz in bewegter Ruhe: Das Ich weitet sich zum All. Der Mensch wird Sphärenmensch; aber er bleibt er selbst im Kreuz, in der Liebesgebärde, wie sie im Wortbild Christian Morgensterns lebt:

«Ich breite die Arme aus, wie ER getan,
ich möchte die ganze Welt, wie ER, umfahn.»

Alo Altrip: Kreuz und Sonne

Die stärkste Anregung als Künstler empfing Alo Altrip (1906–1991) von den späten Meditationsbildern Alexej Jawlenskis. Geistige Nähe empfand er selbst auch zu

Alo Altrip: Kreuz und Sonne, 1983

Paul Klee und Gerhard Wendland. Zu diesen Malern bestanden auch persönliche Beziehungen, besonders zu Jawlenski. Nora Ruhtenberg, Hans Maaß, Eric Arlin kommen aus imaginativem Ansatz zur Bildgestaltung. Alo Altrip malt wie Klee, Jawlenski oder Wendland in inspirativer Stimmung.

Für Jawlenski wurde die Bildwirklichkeit zum Zeichen. Was der Denker erlebt, wenn er von der Vorstellung zum Begriff aufsteigt, vollzog er als Maler. In der Reduktion inhaltlicher Bestimmungen begriff er das menschliche Antlitz als göttliches Zeichen.

Das menschliche Antlitz ist sinnlich erfahrbar. Jawlenski hat auf alles Sinnliche verzichtet: Das Zeichen bleibt stehen als unmittelbarer Ausdruck geistiger Wirklichkeit.

Alo Altrip geht noch einen Schritt weiter. Er abstrahiert nicht. Er geht weder von den Naturreichen aus noch vom Menschen. Er setzt von vornherein das Zeichen als Zeichen.

Wie das Bild zum Zeichen, so kann auch das Zeichen zum Bild werden. Darin mag der Betrachter eine Aufgabe erblicken.

Das Zeichen wirkt unabhängig von der Größe. Es wirkt als Form. Darum kann Altrip auf Großformate verzichten. Er malte jahrzehntelang nur noch Miniaturen. Werk Nr. A 123/83 VI ist in Originalgröße abgebildet.

Hier – wie in einer Reihe ähnlicher Bilder – hat er auch auf Farbe verzichtet: Schwarz kontrastiert mit Weiß – Licht und Dunkel. Eine mittlere Helligkeit,

Grau, entsteht in der Durchdringung. Das Weiß ist auf zwei Zeichen beschränkt. Und wie im Bereich der Helligkeit, so zeigt sich die Drei auch im Bereich der Zeichen: Horizontale, Vertikale, Kreis.

Die beiden Zeichen dominieren: Kreuz und Sonne? Alo Altrip hat kein Kreuz gemalt und keine Sonne. Er hat Zeichen gesetzt, die aber auf der imaginativen Ebene als Kreuz und Sonne gesehen werden können.

Die schwarze Fläche, die gegen die graue ansteht, wird durch die Vertikale geteilt: Ein Spalt tut sich auf; das Graue dringt durch bis zum Bildrand. Durch die leichte Biegung entsteht Spannung.

Auch die Horizontale ist leicht nach oben gebogen: Kreuz und Sonne bilden eine Einheit. Die Sonne steht über dem Kreuz, aber das Kreuz erstrahlt von innen. Die Sonne wird empfangen, aber sie war schon da. Mächtig erhebt sich das Schwarze, aber es ist schon gebannt. Die Sonne hat etwas Dunkelheit in ihr Wesen aufgenommen: Das Licht scheint *in* der Finsternis.

Alo Altrip gab seinen Bildern keine Titel, nur Nummern. Der Betrachter darf sie benennen. Für mich ist A 123/83 VI ein Auferstehungsbild: Kreuz und Sonne.

Siegfried Pütz – Vom sozialen Wirken der Kunst

«Kunst zu den Arbeitern zu tragen, sie im therapeutischen Sinne einzusetzen», war das Herzensanliegen des Bildhauers Siegfried Pütz (1907–1979). Darum gründete er zusammen mit Rose-Maria Pütz im Jahre 1967 die Freie Kunststudienstätte in Ottersberg.

Kunstausbildung heißt Menschenbildung, die Kopf, Herz und Hand gleichermaßen betrifft. Philosophie und Eurythmie sind in diesem Konzept Hauptfächer, die das ganze Studium der Künste ebenso begleiten wie Kunstgeschichte oder die medizinischen Fachrichtungen: «Was wir zu finden und zu realisieren haben», schreibt Siegfried Pütz, «wäre in den Formen des jeweiligen Miteinander doch wohl ein Analogon zu dem, was als ein Ideal der Wissenschaftlichen Hochschule als ‹universitas› voranstand und dort heute nahezu völlig verlassen wurde.» Die Wissenschaft bedarf der Erlösung durch die Kunst, aber auch die Kunst kann nur sozial fruchtbar werden, wenn sie sich erkraftet am Erkenntnisringen.

Selbstverständlich dient wahre Kunst keinem äußeren «Zweck» – ebensowenig wie wahre Wissenschaft. Das soziale Wirken ist aber kein «Zweck», sondern, im Sinne Schillers, das Wesen der Kunst selbst. Kunst, die den Menschen nicht mehr erreicht, gibt sich selbst auf; das gleiche gilt für die Wissenschaft.

Siegfried Pütz: Michael, Rüster, 1935

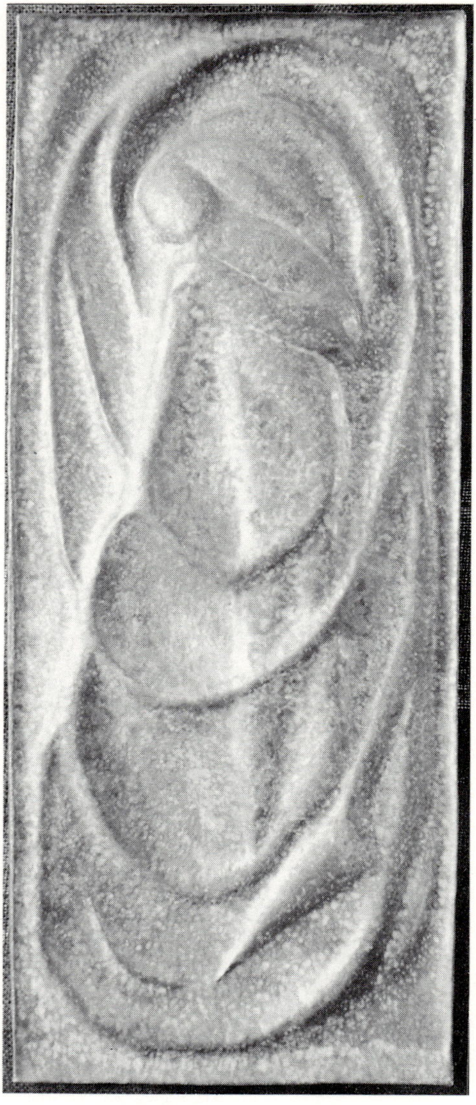

Siegfried Pütz: Michael, Kupfer, 1955

Siegfried Pütz: Engel, Kupfer, 1956

Siegfried Pütz: Engel, Esche, 1964

Siegfried Pütz gehört zu jenen Künstlern, die mit der geistigen Welt ringen und darum die Not der Erdenwelt umso tiefer erleben, wissend, daß keine vordergründige Zeitkritik, kein fruchtloser Protest, sondern Gestaltungskraft wirkt. Immer wieder hat er den Erzengel Michael gestaltet – in immer wieder neuem Ansatz:

- 1935 in Rüster, als edle Menschengestalt, nicht nur siegend, sondern auch bergend.
- 1955 als Kupferrelief, in kosmische Rhythmen abstrahiert. Der Drache ist nur als spitze Form angedeutet.
- 1956 ebenfalls als Kupferrelief, noch stärker abstrahiert in rundlich-pflanzenhafter Formgebung.
- 1968 als Eschenplastik, nun als ganz abstrakte Form. Der Drache ist nicht mehr zu sehen: der Betrachter mag ihn im eigenen Wesen erspüren. Der Blick auf Michael gibt ihm Richtkraft, ihn selbst zu bestehen.

Alle vier Darstellungen zeigen eine starke innere Dynamik und gar nichts Kämpferisches. Michael arbeitet mit Raphael zusammen, der heilkräftig wirkt. Er möchte den Menschen aufrichten, zur freien Tat. Die Aufrichtekraft Michaels und die therapeutische Kraft Raphaels sprechen aus diesen plastischen Bildwerken. Siegfried Pütz war ein Künstler, der pädagogisches und therapeutisches Wirken nicht «bezweckte», aber in seiner Kunst erscheinen ließ.

Michael Kohr – Malerei an der Grenze

Michael Kohr (geb. 1947), Schüler von Gerhard Wendland in Nürnberg, ist Professor für freie Malerei in Ottersberg. Sein Meister, an Paul Klee orientiert, löste die Fläche auf in Zeichen. Bei Kohr gibt es keine Zeichen mehr, nur Farbe. Sein Thema ist die Grenze – als reine Malerei.

Sich selbst an der Grenze erfahren, ist «nach dem Staunen und dem Zweifel der tiefere Ursprung der Philosophie» (Jaspers). An der Grenze begegnet der Philosoph, in mystischer Erfahrung, dem Maler in Farbmeditation.

Jedes Ding hat seine Grenze. Was ist das aber für ein «Ding», das Grenzen zeigt, wie sie Michael Kohr malt?

Die Grenze von Michael Kohr ist Farbe in ungewöhnlicher Intensität, die durch zahlreiche Schichten erzielt wird. Der Betrachter gewinnt den Eindruck: Die Grenze hat sich einen Spalt geöffnet. Farbenfluten dringen herein – oder heraus.

Der Urspalt ist das Chaos. Chaos heißt nicht Unordnung, sondern Gähnen. Gähnend entsteht aus dem Urgrund der Abgrund und aus dem Eins die «unbegrenzte Zweiheit» (Platon) – im Bild: das Dunkel und die Farbe und diese wiederum im Spannungsbogen von Rot und Grün. Die Grenze ist das Trennende, der Spalt.

Kohr malt die Grenze: nicht «von etwas», sondern die

Michael Kohr: Rot-Grün, Aquarell und Acryl, 1988

lebendige Grenze als solche. Im Bereich des Gegenständlichen ist die Grenze eine Linie. Sie besagt: bis hierher, nicht weiter. «Etwas» wird abgegrenzt, ausgegrenzt, eingegrenzt. Bei Michael Kohr ist die Grenze Farbe im Übergang zu Farbe, unbegrenzt. Die Grenze erscheint «aufgehoben».

Die Grenze der Dingwelt hat in der Fläche die Gestalt eines Kreises. Die Dinge sind innerhalb des Kreises. Bei Michael Kohr ist innerhalb wie außerhalb des Kreises nur freie Farbe; die Dinge sind draußen, außerhalb des Bildes; sie grenzen von außen ein.

Wer Grenze denkt, denkt zwei Bereiche, das Endliche und das Unendliche. Die gemalte Grenze von Michael Kohr hebt den Dualismus auf. Es gibt nur eine Welt: die Welt der Farbe – hüben wie drüben. Wer die Grenze begreift, begreift sich selbst im Übergang.

Aufhebung des Abfalls
Jeff Beer und sein Eisen

Jeff Beer hebt auf, was andere wegwerfen: altes Eisen, auch Holz; vor allem aber altes Eisen.

Die «Eisenzeit» brach bei ihm, Jahrgang '52, 1985 aus und durch, vorbereitet durch eine kurze Keramikepoche. Weiterhin spielt er Solo-Schlagzeug. Nebenbei ist er auch Komponist und Zeichner. Dann und wann entstehen Texte. Es gibt kaum ein Medium, in dem Jeff

Jeff Beer: Tango, Eisen, 1986

Beer nicht zu originellem künstlerischem Ausdruck käme.

Eisen ist die Signatur des 20. Jahrhunderts. Nie zuvor ist so viel Eisen verarbeitet worden, mit dem einzigen Ziel, zu vernichten. Das Eisen gehört dem Kriegsgott.

Ares, der Gott des Eisens, liebt Aphrodite, die Göttin der Schönheit. Aus ihrer Verbindung entsteht Harmonia. So sahen es die Thebaner. Wenn sich die Schönheit zum Eisen gesellt, wenn Eisen zur Kunstform wird, verlieren sich Streit und Tod; und Milde und Heiterkeit treten an die Stelle. Kaum eine Skulptur von Jeff Beer, die nicht heiter stimmt: Heiterkeit als Erkenntnistugend, dem alten Eisen abgerungen. Sein Maß ist «die Erwärmung des Herzens».

Jeff Beer gebraucht den Ausdruck «Schrottland». Schrottland ist die Welt, in der wir leben. Wir sind von Schrott umgeben. Auch was noch nicht so aussieht, ist im Grunde immer schon Schrott. Wohin mit dem vielen Schrott, der inflationär ins Haus steht? Wenn man auf die ihm innewohnende Tendenz zum Vergehen blickt, ist die Frage müßig. Schrott vergeht. Der verrostete Fund vom Wegesrand zeigt es an. Er ist schon nicht mehr, was er war. Da fällt der Blick des Künstlers auf ihn, er wird dem natürlichen Zerfallsprozeß entzogen, mit anderen in Auflösung befindlichen Teilen zusammengebracht; und aus dem Zerfall entsteht, im Kunstgriff, eine neue Wirklichkeit. «Das Ewige aus dem Vergänglichen ziehen», hatte Baudelaire gesagt ...

Jeff Beer betreibt Kunst als Wesensforschung. Wo im Irdischen etwas erscheint, wird Wesen verdeckt. Alles

Irdische ist Maske. Darum hält er sich ans Vergehende. Im Vergehen, im Verlust der Bestimmung, wird der Geist entbunden, das Wesen, das Unvergängliche.

Der Abfall der Gegenstände in die Bestimmungslosigkeit eröffnet die Möglichkeit der Spielfreude als Ausgangsstimmung für künstlerisches Schaffen.

Kunst entsteht aus Polaritäten: «Polarität, Mischung, Steigerung», lautet, mit Bezug auf Goethe, die einfache Schaffensformel für Jeff Beer. Im Schaffensakt fällt die Gegensetzung zusammen, zur neuen Ganzheit des Kunstwerks.

Zwei verrostete Türangeln, im Alter von einigen Jahrhunderten, gefunden und zusammengeschweißt: nun tanzen sie *Tango.* Einst trugen sie eine Tür. Die beiden Zapfen, in denen sie hing, wirken wie große Nasen, die merkwürdig «aneinandervorbei» weisen. Man ist aneinandergeschweißt, empfindet aber nur sich, im Tanz.

Ursprünglich waren die Angeln getrennt, horizontal orientiert, eine oben, eine unten. Ihre Verbindung war die Tür. Jetzt sind sie im Schweißpunkt verbunden und aus der Horizontalen in die Vertikale gerückt.

Wer mag alles durch die Tür gegangen sein, die sich einst um diese Angeln drehte? Die Angeln bildeten den Drehpunkt, nun sind sie selbst in die Drehung geraten. Durch den Kunstgriff der Aufrichtung erhielten sie einen ganz neuen Sinn, der bei ihrer Herstellung auch nicht keimhaft vorhanden war. Sie hatten nur die Bestimmung, als Halterung einer Tür zu dienen.

Ihre Funktion haben die Angeln eingebüßt, nur ihre Form erinnert daran. Bei anderen Skulpturen fehlt selbst die Erinnerung an den einstigen Zweck. Allerdings haftet allen Einzelteilen in Beers Eisen die Zweckbestimmung als solche noch an. Und darauf beruht ihre Wirkung: Die bewußte Zweckverfehlung, auch wenn der Zweck nicht mehr erkennbar ist, verbunden mit neuer Sinngebung, bewirkt jene gelassene Heiterkeit, die den Blick aus seiner Verhaftung ins Vergängliche befreit.

Leichtfüßig sind diese Tänzer, aber ungeschickt und kopflastig. Die Schwere des Eisens, die Festigkeit, die eine ursprüngliche Funktion forderte, sind überwunden. Werdet Tänzer, sagt Nietzsche.

Im Tanz hebt der Mensch ab. Eisen bewahrt ihn vor der Verflüchtigung. Der Eisentanz ist erdtreu. «Das Maß ist die Erwärmung des Herzens»: Jeff Beer zeigt es am alten Eisen.

VI.

Essays zur Lyrik

Daher ist das schönste Zeichen der Originalität, wenn man einen empfangenen Gedanken dergestalt fruchtbar zu entwickeln weiß, daß niemand leicht, wie viel in ihm verborgen liege, gefunden hätte.

Johann Wolfgang von Goethe

Liebe, Tod und Initiation
Über Novalis' Ode: «Der Sterbende Genius»

Novalis schickte am 11. Mai 1798 seine Aphorismensammlung «Glauben und Liebe» an seinen Freund Friedrich Schlegel. Enthalten war das Gedicht «Der sterbende Genius», das Schlegel zusammen mit anderen Gedichten aus dieser Sammlung unter dem Titel «Blumen» separat veröffentlichte. Die «Blumen» erschienen im Juni 1798 in den «Jahrbüchern der preußischen Monarchie» ..., «Glauben und Liebe» daselbst im Folgemonat.

Der sterbende Genius

Willkommen, Lieber, nun und nicht wieder ruft
Dich meine Stimme; nah ist der Abschied mir.
    Gefunden hab' ich, was ich suchte,
    Und der Bezauberung Bande schmelzen.

Das schöne Wesen – siehst du die Königin
Hebt Bann und Zauber; lange vergebens flog

Um jeden Thron ich, aber endlich
Winkte durch sie mir die alte Heimat.

Schon lodert mächtig jene geheime Glut –
Mein altes Wesen – tief in dem irdischen
Gebilde: du sollst Opferpriester
Sein, und das Lied der Zurückkehr singen.

Nimm diese Zweige, decke mit ihnen mich,
Nach Osten singe dann das erhabne Lied,
Bis auf die Sonne geht und zündet
Und mir die Tore der Urwelt öffnet.

Der Duft des Schleiers, der mich vordem umgab,
Sinkt dann vergoldet über die Ebenen,
Und wer ihn atmet, schwört begeistert
Ewige Liebe der schönen Fürstin.

Wer spricht, und wer wird angesprochen? In der maßgebenden Werkausgabe ist vermerkt, daß die Geliebte den Dichter anspricht. Aber warum sagt sie: «nah ist der Abschied mir»? Sie ist doch schon abgeschieden. Sophie von Kühn starb am 19. März 1797. Die innere Form des Gedichtes offenbart: Es spricht hier der Dichter oder das lyrische Ich als «sterbender Genius». Er wendet sich aber nicht – wie Heinz Ritter meint – an Friedrich Schlegel, sondern an den Tod. Er will der Geliebten nachsterben.

Willkommen ist dem Dichter der Tod; denn er führt zur Geburt des höheren Ich im Ich. Der Tod wird nicht als gewöhnlicher Tod angesprochen, der das Erdenleben beendet, sondern als Initationstod, in dem das «alte Wesen» umgeschmolzen wird.

Der Initationstod wird hier in den Bildern des chymischen Prozesses beschrieben. In jeder Strophe deutet ein Wort darauf hin: schmelzen, Königin, Glut, Sonne, vergoldet – Bilder aus dem Wortschatz der Alchymie. Der wahre Alchymist macht nicht äußerlich Gold, er wirft sich vielmehr selbst, sein «altes Wesen» in die Retorte. Novalis war mit der Alchymie vertraut.

So ist ihm der Tod willkommen, der hier als Opferpriester die Zeremonie zu leiten hat. Im Sinne des Novalis ist aber der Opferpriester nicht irgendein Hierophant, sondern der Christus selbst, der den Tod besiegt hat, indem er *zum* Tode wurde, aus dem das höhere Leben erwächst. So heißt es in den «Hymnen an die Nacht»:

Der Jüngling bist du, der seit langer Zeit
Auf unsern Gräbern steht in tiefem Sinnen,
Ein tröstlich Zeichen in der Dunkelheit,
Der höhern Menschheit freudiges Beginnen,
Was uns gesenkt in tiefe Traurigkeit,
Zieht uns mit süßer Sehnsucht nun von hinnen.
Im Tode ward das ewge Leben kund,
Du bist der Tod und machst uns erst gesund.

Der Christus wird hier zunächst als der Jüngling angesprochen, der in der Menschheit einen Neuanfang setzte. Paulus spricht vom «letzten Adam», von dem Rudolf Steiner sagt: «weil ich von Adam abstamme, habe ich einen verweslichen Leib, wie ihn Adam hatte; und indem ich mich in das rechte Verhältnis zu dem Christus setze, bekomme ich von Christus – dem zweiten Adam – einen unverweslichen Leib» (10. Oktober 1911). Der erste, vergängliche Adam entstammt dem ewigen Leben; der «letzte Adam» entstammt dem Tod als dem Beginn eines neuen ewigen Lebens. Und so wird Christus im letzten Vers als der Tod selbst angesprochen, der zum Heiland wird. Krankheit führt zum Tode; der Tod führt zur Gesundheit, wenn der Christus in ihm erfahren wird: «Du bist der Tod und machst uns erst gesund.»

In diesem Sinne sind auch im «Sterbenden Genius» der Opferpriester und der willkommene Tod in Christus eines nur. Einmal in seinem Erdenleben hat der Christus eine Einweihung vollzogen: die Auferweckung des Lazarus. Diese Auferweckung ist der Struktur nach eine alte Initiation, ihrem Wesen nach aber bereits der Beginn des neuen Initiationsprinzips, weil die Aufgabe des Hierophanten vom Christus selbst übernommen wird. Der Christus bringt die Freiheit des Ich. So bildet die Auferweckung des Lazarus das Urbild dieses im rein geistigen Sinne zutiefst autobiographischen Gedichts.

«Zur Hochzeit ruft der Tod», heißt es in den «Hymnen an die Nacht». Entsprechend wird der sterbende Genius – das chymische Ich in der Retorte – als König seiner Königin vermählt. Wer ist die Königin? Der Kontext der «Blumen» deutet auf Louise oder die Alpenrose. Aber die innere Form der alkäischen Ode evoziert Sophia – gemäß dem Tagebucheintrag vom 29. Juni 1797: «Christus und Sophie» – wenngleich Sophia auch in der Alpenrose und in Louisen gefunden werden kann, ebenso wie in Sophie von Kühn. In Goethes «Märchen», auf das Novalis im Kontext Bezug nimmt, entspricht ihr die «schöne Lilie», und in seinem eigenen Märchen von «Hyacinth und Rosenblüthe» entspricht ihr die Rosenblüte. Hyacinth sucht die verschleierte Göttin; und indem er den Schleier hebt, sinkt Rosenblütchen in seine Arme. Diese Hochzeit wird von Novalis selbst als Verbindung mit dem höheren Ich interpretiert, wenn er in den Paralipomena schreibt:

Einem gelang es – Er hob den Schleier der Göttin zu Saïs – Aber was sah er? er sah – Wunder des Wunders – Sich selbst.

Wie Hyacinth, so hat auch der sterbende Genius lange vergebens gesucht, nun aber seine Königin gefunden, die «Bann und Zauber» des Irdischen hebt. Durch sie winkt «die alte Heimat»: die Geistwelt. Der Tod, als Opferpriester, soll «das Lied der Zurückkehr singen». Dabei schmilzt das «alte Wesen» als «geheime Glut ... tief in dem irdischen Gebilde» ab.

Bedeutsam ist: Der sterbende Genius als Neophyt erweist sich als der eigentliche Leiter der Zeremonie. Er gibt dem Hierophanten die Weisung: Er soll ihn – im Grabe – mit Zweigen bedecken und nach Osten singen, bis die aufgehende Sonne ihm «die Tore der Urwelt öffnet» und er der «schönen Fürstin» ewige Liebe schwören kann. Die Liebe ist ewig, weil sie in der Urwelt gründet. Die «schöne Fürstin» hat als seine Schwesterseele in der Urwelt auf ihn gewartet und hebt nun «Bann und Zauber» auf.

Entscheidend aber ist die Suche. Nichts geschieht ohne den aktiven Vollzug des Ich. Novalis hat im «Sterbenden Genius» das Bild einer modernen Einweihung gestaltet, wie sie über hundert Jahre später von Rudolf Steiner gelehrt wird. Die Königin hebt « Bann und Zauber», aber sie führt nicht, wie auch der Opferpriester nicht führt, sondern vom sterbenden Genius zur Handlung aufgefordert wird.

Der Opferpriester respektiert die Freiheit des Ich. Auch daraus erhellt: es ist kein Hierophant im Sinne antiker Mysterien, sondern der Christus, der in Gestalt des Todes die Freiheit bringt. Nur so wird überdies die Anrede im ersten Vers verständlich: «Willkommen, Lieber ...». Nicht der gewöhnliche Tod, sondern Christus in ihm ist der Geliebte. Mit Hilfe von «Christus und Sophie» gelingt die Umschmelzung der gewöhnlichen Metalle in Gold. Und das im Innern gebildete Gold der Weisheit erhält dann im Vollzug der Initiation Strahlkraft in die Außenwelt. Aber nicht der Schleier der Sinneswelt wird am Ende vergoldet, sondern nur der «Duft des Schleiers»! Der Schleier wird gehoben, wie im Märchen von «Hyacinth und Rosenblüthe», und sein Duft «sinkt dann vergoldet über die Ebenen».

Wer so sein irdisches Wesen verwandelt, kann als sterbender Genius im eigenen Wesen, verbunden mit Sophia, der «schönen Fürstin», den neuen Geist gebären. Er hat sich bereitet, ewige Liebe zu empfangen und zu geben.

Denklyrik
Zur Modernität in der Dichtung

Moderne Lyrik bewegt sich vielfach an der Grenze zum Aphorismus. Sie ist wesentlich Denklyrik. Ein Beispiel (aus dem Jahre 1967) von Emma Krell-Werth (1906–1981), die sonst eher traditionelle Formen pflegte:

> *Soziale Frage*
> Nach ihrer Habe befragt,
> ging die Armut gelassen in sich,
> brach das tägliche Brot
> und vergab ihren Schuldigern.

Schon der Titel, der das Thema nennt, ist modern. Die «soziale Frage» gab es früher nicht, ist Symptom für die Moderne. Zwar gab es die Armut, aber nicht als «Frage». Sie war kein Problem, schon gar nicht für einen Dichter. Die Armut beginnt den Dichter im tieferen Grunde erst im neunzehnten Jahrhundert zu interessieren. Da entsteht die «soziale Frage».

Es geht um die Habe. Aber nicht der Arme wird befragt, erst recht nicht ein bestimmter armer Mensch, sondern die Armut. Der moderne Dichter vollzieht zunächst einen Abstraktionsvorgang. Ein romantischer oder realistischer Dichter hätte einen bestimmten Armen «konkret» in seiner erbarmungswürdigen Situation beschrieben und die Welt angeklagt, direkt oder indirekt.

Emma Krell-Werth abstrahiert. Das entspricht hier dem Wesen der Armut: Sie hat ja nichts. Aber gerade in ihrer Abstraktion wird die Armut – als Allegorie – wesenhaft. Der Abstraktionsvorgang schlägt um in Imagination. Ein Bild entspringt aus der Bildlosigkeit reinen Denkens. Die Armut wird zum mythischen Wesen, das «in sich» geht. Auf dem Wege nach innen zeigt sich ihr Reichtum: «das tägliche Brot» des Erlösers. Also bedarf es auch keiner Anklage, keines Protestes. Die Armut ist so reich, daß sie «ihren Schuldigern» vergeben kann.

Der moderne Dichter gibt nicht Antworten. Er stellt Fragen, hier die «soziale Frage». Die Frage wird aber poetisch so vertieft, daß der Leser im Ansatz seines Denkens auf Richtmarken stößt: auf Chiffren, die ihm Wege andeuten. Diese Wege muß er, um den Sinn des Gedichtes nicht zu verfehlen, selber beschreiten. Eine Antwort auf die soziale Frage ist der Hinweis auf die Inkarnation Christi, nicht direkt, aber indirekt durch Anklänge an das zentrale christliche Gebet: Antwort als Wegweisung. Der Weg ist Christus, Vergebung.

Nach Baudelaire hat der moderne Dichter das Ewige aus dem Vergänglichen zu schlagen. In der Armut ist das Ewige aber unmittelbar zu fassen. Es muß nicht erst einem Vergänglichen abgerungen werden, weil die Armut nichts Vergängliches hat. Ihr «tägliches Brot» ist ewig.

Ein modernes Gedicht ist – der Forderung von Paul Valéry entsprechend – ein «Fest des Intellekts». Als solches können die vier Zeilen über die «soziale Frage» von Emma Krell-Werth empfunden werden: ein Satz nur, aber ein Denksatz; kein Gedankensplitter, aber auch kein abgeschlossener Gedanke, der zum «geflügelten Wort» werden könnte, vielmehr in offener Form ein Anreiz, das Denken des Lesers in Bewegung zu bringen.

Bilder aus dem Diesseits fesseln das Denken. Eine Bildhaftigkeit, die sich der Abstraktion entringt, wirkt demgegenüber befreiend. Emma Krell-Werth verzichtet in der Gestaltung der «sozialen Frage» auf Milieuschilderung. Das Bild, das sie entwirft, wirkt umso stärker, weil es aus dem Verzicht auf Bilder entsteht. Sie verdichtet die Sprache zur meditativen Formel im viergliedrigen Satz. Dieses Gedicht handelt nicht nur von der Armut, es ist in seiner dichterischen Form selbst bewußt arm und in seinem inneren Reichtum ein überzeugendes Beispiel moderner Lyrik: Denklyrik.

VII.

Eurythmie und Schöne Wissenschaft

Gott eurythmisiert; und indem er eurythmisiert, entsteht als Ergebnis des Eurythmisierens die Menschengestalt.
[In der Eurythmie] ist nichts augenblicklicher Ausdruck, sondern alles ist einer innerlichen Gesetzmäßigkeit unterworfen, die auf einem intuitiven Studium der Bewegungsmöglichkeiten des menschlichen Organismus beruht.

Rudolf Steiner

Humaniora sind's, Wissenschaften und Übungen, die das Gefühl der Menschlichkeit in uns bilden. Wodurch dies gebildet wird, das ist schöne Wissenschaft. – Der Sinn der Menschheit (sensus humanitatis) macht sie zu dem, was sie sind oder sein sollen.

Johann Gottfried Herder

Eurythmie

Die Eurythmie als Kunst menschlicher Bewegung gestaltet Dichtung und Musik. Die Dichtkunst lebt in Bildern, sie ist imaginativ. Die Musik lebt in Tönen, sie ist inspirativ. Das imaginativ Dichterische und das inspirativ Musikalische werden in der eurythmischen Kunst zum intuitiven Erleben gebracht: Der Eurythmist wird bis ins Leibliche eins mit der Dichtung, eins mit der Musik. Einung ist Intuition.

In der Eurythmie wird der Mensch sich selbst zum Kunstwerk. So ist Eurythmie die innere Mitte der Künste, ihre Zukunft. Sie zeigt den Menschen als das ewige Wort Gottes.

In ihrer Mittelstellung im Reigen der Künste ist die Eurythmie der schönen Wissenschaft verwandt, die im Bereich der Wissenschaften eine ähnliche Mittelstellung einnimmt.

Der Weg zur schönen Wissenschaft

Der neuzeitliche Mensch lebt stark vom Verstand geprägt. Der Verstand ist von Vorstellungen bestimmt, die an vergänglicher Sinneswelt gebildet werden und sich einer vorgegebenen Sprachgestalt bedienen. In der Sprachgestalt der Vorstellungen wird die Welt der Sinneswahrnehmung abgebildet und vermittelt. Dabei erlebt sich das Ich weitgehend in passiver Isolation, weil es die Sprache nicht achtet.

Wenn der Mensch sich als denkend erlebt, kann er im reinen Denken die Abhängigkeit von der Sinneswelt und von vorgegebener Sprache überwinden und den Begriff fassen. So wird er zum Wissenschaftler. In Abhängigkeit von der Sprache kann man nicht wissenschaftlich denken. Das wissenschaftliche Bewußtsein achtet die Sprache ebensowenig wie das gewöhnliche Bewußtsein. Der reine Begriff bildet die geistige Welt ab, die der Sinneswelt zugrunde liegt. Sein Wesen ist Inspiration. Das Ich ist inspirativ aufgehoben in der Objektivität des Geistes, wenn es die Sprache hinter sich läßt. Das Ich wird welthaft, das heißt: Das Ich verliert sich.

Die Wissenschaft dient der Welt, aber auf Kosten des Ich.

Der Mensch ist sprachlos: ein Spiegel der Welt. Schöpferisch wird er, wenn er den Begriff ins Wort prägt. Das schöpferische Denken ist nicht abhängig von der Sprache, sondern sprachgestaltend. Solchermaßen wird der Mensch zum Denk-Künstler, der mit der Sprache arbeitet wie der Plastiker in Stein oder Holz und der Maler mit Farbe. In reiner Begrifflichkeit kann man nicht schöpferisch werden. Die neue Wortgestalt der Begriffe hat einen im Ich geprägten imaginativen Charakter. Die Welt wird ichhaft, das heißt aber: Sie geht in ihrer Objektivität verloren.

Die Kunst dient dem Ich, aber auf Kosten der Welt, so wie die Wissenschaft der Welt dient, aber auf Kosten des Ich.

Wissenschaft und Kunst haben in einseitiger Ausbildung, in ihrer Gegensätzlichkeit, Ich und Welt sowohl gefördert als auch gefährdet. Der Wissenschaftler, dessen Erkenntnishaltung zunächst durch Inspiration geprägt ist, bedarf der schöpferischen Imagination. Der Künstler, dessen Schaffenskraft zur Imagination neigt, bedarf der Erkenntnisklarheit der Inspiration.

Damit zeigt sich ein Dreischritt: Das gewöhnliche Bewußtsein kann sich zum wissenschaftlichen erheben, und das wissenschaftliche kann sich ins künstlerische vertiefen. Das ist der Weg zur schönen Wissenschaft. Schöne Wissenschaft ist Wissenschaft, die von künstlerischer Form lebt: im Essay und dessen kürzester Gestalt, dem Aphorismus.

Eurythmie und schöne Wissenschaft

Eurythmie und schöne Wissenschaft entspringen dem gleichen Quellgrund.

Eurythmie objektiviert gestaltete Sprache oder gestaltete Klänge. Alltagssprache ist für die eurythmische Gestaltung unbrauchbar. Begriff und Wort bilden die Grundlage für die Lauteurythmie; Begriff und Ton bilden die Grundlage für die Toneurythmie. Nicht nur die Vorstellungsebene des Alltagsbewußtseins, auch die schöpferische Kraft der Imagination ist, für sich genommen, unzureichend. Der Eurythmist dringt über Wort und Ton in die Begriffssphäre ein. Dort begegnet er dem Wissenschaftler. In der Bildgestalt des Wortes erlebt er imaginativ, in der Begrifflichkeit inspirativ. Das musikalische Erleben ist von vornherein mehr begrifflich-inspirativ und nur ansatzweise, in der Wahrnehmung des äußeren Klangbildes, imaginativ. In jedem Falle wird der Eurythmist sein Erkennen im Gestalten oder sein gestaltendes Erkennen über Imagination und Inspiration hinaus noch weiter steigern bis zur Intuition, in der die Gegensätze von Bild und Begriff, von Gestalten und Wahrnehmen, von Kunst und Wissenschaft aufgehoben sind: insofern er sich selbst bis in die Leiblichkeit einbringt in den künstlerischen Prozeß.

Der inspirative Anteil an eurythmischer Darstellung macht es den Kunstkritikern und Künstlern schwer, zu einem angemessenen Urteil über eine Eurythmie-Aufführung zu kommen. Der imaginativ künstlerische

Anteil an Darstellungen der schönen Wissenschaft macht es den Wissenschaftlern schwer, zu einem angemessenen Urteil über Essayistik und Aphoristik zu kommen. Denn schöne Wissenschaft ist mehr als Wissenschaft.

Der Eurythmie genügt nicht die Wort- und Tongestalt, wie der schönen Wissenschaft die Begrifflichkeit nicht genügt. Eurythmie überwindet die Subjektivität des Nur-Künstlerischen; schöne Wissenschaft überwindet die Objektivität des Nur-Wissenschaftlichen. Eurythmie erblüht aus Weltgesetzlichkeit und ist doch Kunst. Aber sie ist Kunst mit einem starken begrifflichen Anteil, wie die schöne Wissenschaft Wissenschaft ist, aber mit einem starken künstlerischen Anteil.

Eurythmie kann auch reine Begrifflichkeit darstellen, beispielsweise in der Gestaltung des Tierkreises. Der eurythmisierte Tierkreis: das ist beinahe Wissenschaft. Ohne Wort und Ton ist Eurythmie nicht weniger wirksam, oftmals sogar wirksamer. Der kultische Charakter der Eurythmie kann ohne Wort und Ton unmittelbar wahrgenommen werden. Und so kann die Eurythmie auch gestaltete Sprache wieder den Weltgesetzen nähern.

Der imaginative Charakter der Sprache wird durch Eurythmie in die inspirative Sphäre gehoben. Der inspirative Charakter des Begriffs wird durch schöne Wissenschaft in die imaginative Sphäre verdichtet.

So begegnen und ergänzen sich Eurythmie und schöne Wissenschaft. Schöne Wissenschaft ist die Aufhebung der Wissenschaft. Eurythmie ist die Aufhebung der Kunst. Die Aufhebung ist Intuition. Im einen Fall wird die Idee eingeprägt in die Wirklichkeit, im anderen Fall wird die Wirklichkeit gestaltet zur Idee. Die Welt wird Ich – das Ich wird Welt.

VIII.

Von der Kunst des Übersetzens

So wie die Erkenntnis die Sprache ahndet, so erinnert sich die Sprache der Erkenntnis.

Friedrich Hölderlin

Die Wahrnis der Wahrheit – Heidegger und seine Übersetzer

Dichter und Denker halten die Sprache durch Neubildungen am Leben. Dabei werden geltende Normen durchbrochen. Jeder große Dichter oder Philosoph gebraucht bestimmte Wörter in individueller Nuancierung. So ist ein großer Teil der philosophischen Auseinandersetzung auf sprachliche Mißverständnisse zurückzuführen.

Das Streben des Übersetzers ist meistens entgegengerichtet. Er pflegt sich an den geltenden Sprachgebrauch zu klammern, das fremdsprachliche Werk in die eigene Wörterbuch- und Grammatiksprache zu pressen. Ortega y Gasset meint: «Es wird in ihm die Kleingläubigkeit obsiegen, und er wird, statt den Vorschriften der Grammatik zuwider zu handeln, gerade das Gegenteil tun: er wird den übersetzten Autor in das Gefängnis der normalen Sprache sperren, d.h. er wird ihn verraten – *tradutttore, traditore.*» (Miseria y Esplendor de la traducción).

Hinter dem Problem des Individualstils des einzelnen Autors steht das Problem des Nationalstils. Jede Sprache hat ihren eigenen Stil, den Wilhelm von Humboldt als innere Form gedeutet hat. Das Wörterbuch zählt

Wörter verschiedener Sprachen als gleichbedeutend auf. Aber bereits Klopstock hat erkannt, daß die verschiedenen Sprachen verschiedene Weltansichten bergen. Wenn der Deutsche vom *Tier* spricht, so meint er nicht genau dasselbe, was der Franzose bei dem Wort *bête* oder *animal* empfindet, und der deutsche *Wald* ist nicht gleich dem spanischen *bosque*.

Vor diesen beiden ineinandergreifenden Problemen steht der Übersetzer: dem des Individualstils und dem des Nationalstils. Dabei ist er bemüht, alle Möglichkeiten der eigenen Sprache auszuschöpfen, um den Leser zur Sprache des Autors mit dessen Eigenheiten und Wesensmerkmalen hinzuführen. Das ist um so schwieriger, je eigenwilliger der Autor schreibt. Der Übersetzer ist wie der Autor an die Grenzen der Verständlichkeit gebunden. Aber diese Grenzen sind nicht fest und unverrückbar.

Heidegger hat die deutsche Sprache überfordert, aber in der Überforderung auch Bildekräfte freigelegt wie kein Denker vor ihm: ein Übersetzungsproblem von besonderem Reiz.

Der Spanier Rafael Gutierrez Girardot übersetzt die Heideggersche *Wahrnis der Wahrheit* mit *veritancia de la verdad* (Carta sobre el Humanismo, 1959). Das Wort *veritancia* ist im Wörterbuch nicht verzeichnet. Es ist offensichtlich ebenso ungebräuchlich wie das Heideggersche *Wahrnis,* eine entsprechende Neubildung. In *Wahrnis* steckt *wahr, Wahrheit;* in *veritancia* lat. *veritas*. Es handelt sich also um eine analoge Wortbildung. Nach der abstrakten Wortbedeutung hat der spanische

Übersetzer nicht gefragt: daß *Wahrnis* etwa *Schutz* oder *Sicherung* (der Wahrheit) heißen könnte und demzufolge mit *garantia* oder *guarda de la verdad* zu übersetzen wäre. So ist aber der Franzose Roger Munier vorgegangen (Lettre sur l'Humanisme, 1957). Er übersetzt: *sauvegarde de la vérité,* oder ein andermal *garde véridique de la vérité.* Beide Übersetzungen bewegen sich innerhalb des Wörterbuchfranzösischen. Etymologisch steckt auch in *garde* (und entsprechend im spanischen *garantia* und *guarda*) das germanische *war,* jedoch bildungsundurchsichtig. In *garde* ist nie das germanische *war* als *wahr* empfunden worden. *War* bedeutete im Romanischen von allem Anfang an *Schutz.* Für alles, was mit *wahr, Wahrheit* zusammenhängt, hatte man die Entwicklung aus dem Lateinischen. Die Heideggersche Intention kommt daher in *sauvegarde* überhaupt nicht zum Ausdruck, in *garde véridique* schon besser, und *veritancia* gibt sie wörtlich wieder. Heidegger sagt eben nicht Schutz der Wahrheit, sondern Wahrnis.

Wahrnis ist eine Ableitung vom Verbum *wahren,* wie man es gebraucht in der Wendung *die Freiheit wahren.* Wer die Freiheit wahrhaft wahrt, schützt sie nicht (durch Gewaltmaßnahmen etwa), sondern wahrt sie, indem er sie zunächst in und bei sich selbst verwirklicht: wahr macht. So kann die Wahrheit währen – indem sie gewahrt, verwirklicht wird. Die so verstandene Verwirklichung der Wahrheit nennt Heidegger sprachgemäß Wahrnis.

Sauvegarde, für sich genommen, ist bildungsdurchsichtig, konkret. Garde ist als Schutz oder Wache geläufig; *sauf, -ve (unbeschädigt, wohlbehalten)* gehört zum Verbum *sauver (retten, in Sicherheit bringen).* In der Bedeutung *außer, abgesehen von, vorbehaltlich* ist es allerdings zum abstrakten Zeichen herabgesunken. Davon abgesehen ist die Zusammensetzung *sauvegarde* als der sichere Schutz im Gegensatz zum bloßen *garde* jedem verständlich und in der Bildung eindeutig nachvollziehbar. Die Eindeutigkeit und Geläufigkeit des Wortes als Schutz versperrt dem französischen Leser aber den Zugang zum sprachlichen Denken Heideggers.

Die Umschreibung mit *garde véridique* ist insofern eine gute Lösung, als damit tatsächlich beide Bedeutungsnuancen der *Wahrnis* – wenn auch zu selbständigen Worten erhoben – zum Ausdruck kommen. Nur liegt der Bedeutungsschwerpunkt auch hier auf *garde (Schutz).*

Véridique (wahrhaftig, der Wahrheit entsprechend) ist lediglich determinierendes Beiwort. Auch *garde véridique* verbleibt im gewohnten Denken. Die Wörter sind in ihrer abgenutzten Zeichenhaftigkeit hinreichend bekannt: es handelt sich darum, die Wahrheit zu schützen, und zwar wahrhaftig zu schützen. Heidegger aber kehrt das gewohnte Denken um, indem er den Bedeutungsschwerpunkt auf *wahr* legt und die Nuance *Schutz* nur sekundär mitschwingen läßt. Er hätte ja auch von der Wahrung der Wahrheit sprechen können. Aber Wahrung ist als Aufrechterhaltung und Schutz geläufig und ließe den Leser in Passivität verharren: er würde gar nicht merken, daß der Wortpuls *wahr* darin enthalten ist. Durch die Ungewohntheit der *Wahrnis* wird er angeregt, auf die Sprache zu hören. «Die Sprache spricht», sagt Heidegger: wenn der Mensch lauscht auf das, was ihm das Wort *Wahrnis* sagt, so hört er zunächst nicht Schutz, sondern *Wahr-*, dem sich das Suffix *-nis* anschließt.

Es kommt Heidegger auf das bewußte Erleben und innerliche Nachvollziehen der Wortbildung an. Das gibt *veritancia* wieder. Es ist die wörtlichste Übersetzung, diejenige, die den Leser tatsächlich zum Original führt. Dem spanischen Leser wird dabei einige Anstrengung zugemutet. Er muß dieselbe innere Bewegung vollziehen wie der deutsche, wenn er *Wahrnis* liest. Ob ihm dieser Mit- und Nachvollzug gelingt, ob er den Anspruch des Wortes versteht, hängt von ihm ab, nicht vom Wort.

Dichtung, Interpretation und Nachdichtung

... et perdraient de leur charme à être expliqués.

Gérard de Nerval sagt von seinen «Chimären», die in einer Art Wachtraum konzipiert wurden, daß sie in der Auslegung an Zauber verlieren. Das gilt bis zu einem gewissen Grade für jede wahre Dichtung. Ein Gedicht kann letztlich nur in einer «co-naissance» (Claudel), im meditativ-schöpferischen Mit- und Nachvollzug, erfahren und verstanden werden. Das macht eine Interpretation jedoch nicht überflüssig; sondern Auslegung und Erfahrung sind im hermeneutischen Zirkel geradezu aufeinander angewiesen, wie Martin Heidegger, an die Philosophie Diltheys anknüpfend, aufgezeigt hat.

Das Gedicht wirkt, wenn man sich ihm hingibt. Diese Wirkung vollzieht sich im Unterbewußten und wird zur Erfahrung. In der Interpretation tritt die Erfahrung ins Bewußtsein. Je mehr Erfahrungen mit einem Gedicht gemacht werden und je weniger diese durch vorurteilende Interpretation oder vorschnelles Übersetzen in die gewohnte Begrifflichkeit der eigenen Alltagssprache bedingt sind, desto objektiver kann es interpretiert werden. Dabei stellen sich neue und tiefere Erfahrungen ein. Den Zauber, den das Gedicht durch die bewußtmachende Interpretation verliert, gewinnt es dann in der gesteigerten Erfahrung in erhöhtem Maße wieder zurück. Das sprachliche Kunstwerk wird so zum Gegenstand einer Erkenntnisübung, in der allmählich im zirkelhaften Verfahren die Wahrheit des Kunstwerkes als Phänomen durchsichtig wird. Erst im zirkelhaft gesteigerten höheren Einklang von Erfahrung und Auslegung, in der *übenden Erfahrung*, wird die «connaissance» wahrhaft zur «co-naissance».

Wird die «co-naissance» ausdrücklich, so entsteht ein Nachgedicht. Der Gehalt tritt in einer neuen Form zutage. Diese ist zunächst bedingt durch die verschiedenen «Weltansichten» (Humboldt), die die verschiedenen Sprachen bergen. Die ausdrückliche « naissance» eines ideellen Gehalts in der französischen Sprache unterscheidet sich a priori von der «co-naissance» in der deutschen Sprache, gemäß dem jeweils eigenen Charakter der Sprachen. Neben dieser unterschiedlichen volkssprachlichen Formkraft, dem Nationalstil, ist die individuelle Gestaltungsgabe des Dichters wie des Nachbildners zu berücksichtigen. Schon bei einer Übersetzung, die möglichst genau den bloßen Inhalt vermitteln will, wird man sich kaum auf nur eine «richtige» Lösung einigen können; weil auch der Nationalstil immer eine Vielfalt an Übersetzungsmöglichkeiten bietet. So weist bereits jede «wortgetreue» Übersetzung individuelle Züge auf und entspricht dem Original immer nur annähernd. Bei der Nachdichtung, im Ringen um eine der «connaissance» angemessene künstlerische Gestaltung, ist die individuelle Formkraft ausschlaggebend.

Das Gedicht soll aus der bewußten Erfahrung neu geboren werden. Damit der erfahrene Gehalt sich neu formt und das Nachgedicht entsteht, muß also ein künstlerischer Schöpfungsakt stattfinden, der sich allerdings vom Schöpfungsakt des Originals darin unterscheidet, daß das zugrunde liegende Erlebnis oder der Stoff (Ideen, Bilder, Stimmungen) vorgeformt ist. Entscheidend für die Bewertung des Nachgedichts ist aber – ebenso wie für das Gedicht – die neue Formung, der geformte Gehalt, nicht so sehr die Treue der Stoffwiedergabe.

Letztere ist Kennzeichen einer guten Übersetzung. Der Übersetzer sollte zugunsten der Genauigkeit und Treue gegenüber dem Original auf Eigenheiten des Ausdrucks verzichten, der Nachdichter zugunsten der künstlerischen Einheit von Gehalt und Form auf den Ehrgeiz, möglichst alle faktischen Einzelheiten in der neuen Formung unterzubringen. So darf und muß in der Nachdichtung inhaltlich Verzicht geleistet werden. So ist aber auch die Freiheit der Neuschöpfung. Es kann also das Nachgedicht als Kunstwerk gelegentlich einen bildlichen Ausdruck aufweisen, der – lexikographisch übersetzt – dem Original mangelt. Denn die Übersetzung wirkt ausschließlich durch die Größe und Kraft des Originals, während das Nachgedicht auch für und durch sich selbst wirken kann.

Eine künstlerische Übersetzung soll originalgetreu sein und dennoch dem Wesen der jeweiligen Sprache entsprechen. Die Gedichtform kann aufgelöst werden, muß dann aber wenigstens soweit neu entstehen, daß dem Leser auch in seiner Sprache eine Kunstwahrnehmung und nicht nur ein Inhalt vermittelt wird.

So steht der Nachdichter nicht nur inhaltlich, sondern

auch formal vor der Notwendigkeit des Verzichts und der Neuformung; denn allen Forderungen gerecht zu werden, muß wohl ein unerreichbares Ziel bleiben. Aber liegt nicht in dieser Unerreichbarkeit der Reiz jeder künstlerischen Übersetzung?

Dichtung wird durch meditativ einarbeitende Hingabe in ihrer Objektivität erfahren. Aus dieser meditativen Erfahrung entstehen für die ausdrückliche «co-naissance» Grenzen, die in der Sache selbst begründet sind. Werden in der Nachdichtung auch nicht alle faktischen Einzelheiten wiedergegeben, so doch der wesentliche Gehalt des Originals. Wie die genaue Prosa-Übersetzung und die Interpretation kann also auch das freie Nachgedicht – auf seine Weise – den Zugang zur fremdsprachlichen Dichtung öffnen helfen. Zusätzlich hat es durch seine künstlerische Form einen gewissen Eigenwert. Die Beurteilung, ob und wieweit diese Form auf Freiheit oder Willkür beruht, bleibt der übenden Erfahrung des Lesers anheimgestellt.

IX.

Für eine Ästhetik der Mitte

[Die Maximen deiner Zeitgenossen] wirst du umsonst bestürmen, ihre Taten umsonst verdammen, aber an ihrem Müßiggange kannst du deine bildende Hand versuchen. Verjage die Willkür, die Frivolität, die Rohigkeit aus ihren Vergnügungen, so wirst du sie unvermerkt auch aus ihren Handlungen, endlich aus ihren Gesinnungen verbannen. Wo du sie findest, umgib sie mit edeln, mit großen, mit geistreichen Formen, schließe sie ringsum mit den Symbolen des Vortrefflichen ein, bis der Schein die Wirklichkeit und die Kunst die Natur überwindet.

Friedrich von Schiller

Das achte ökumenische Konzil und seine Folgen im Bereich der Ästhetik

Der Mensch wurde nach dem Bilde Gottes erschaffen, das heißt: dreigliedrig, entsprechend der Dreieinheit Gottes als Vater, Sohn und Geist. So besteht der Mensch aus Leib, Seele und Geist. Die denkende Seele hat im Abendland aber weitgehend ihre Geistorientierung verloren und sich einseitig dem Leibe verschrieben.

In der idealistischen Philosophie der Goethezeit lebt die Urdrei wenigstens noch in der dialektischen Denkmethode. Im Menschenbild jedoch hat sich schon seit dem vierten christlichen Jahrhundert ein Dualismus herausgebildet: eine Entwicklung, die auf dem achten ökumenischen Konzil in der Hagia Sophia zu jenem elften Kanon geführt hat, in dem der Geist negiert wurde.

Die Seele trat in Polarität zum Leibe, während sie ursprünglich das mittlere Glied war. Der Sinn für die Mitte ging verloren, damit aber auch das Verständnis für die Inkarnation Christi und die Ausbildung einer christlichen Ästhetik. Christus bildet in der göttlichen Trinität die Mitte und wirkt auch im Menschen mittebildend.

Das achte ökumenische Konzil von 869 zählt äußerlich betrachtet zu den unbedeutendsten Konzilien. Es diente im wesentlichen der Verurteilung des abgesetzten Patriarchen Photius. Der elfte Kanon wurde gar nicht diskutiert, sondern nur in der Schlußsitzung verlesen und verabschiedet: «Das Alte und das Neue Testament lehren, daß der Mensch nur eine vernunftbegabte, geistige Seele hat: dieselbe Lehre bestätigen alle gotterfüllten Väter und Kirchenlehrer. Gleichwohl sind manche Leute, die sich mit den Einfällen des Bösen abgeben, zu solcher Gottlosigkeit gelangt, daß sie frech behaupten, der Mensch habe zwei Seelen; sie versuchen sogar, die eigene Irrlehre mittels widersinniger Argumente in einer Weisheit, die zur Torheit geworden ist, zu erhärten.» In den folgenden Sätzen wird dann diese «Irrlehre» verurteilt. Der Beschluß ist nie revidiert worden. Wenn er sich gegen eine «zweite» Seele wendet, dann kann in aristotelischer Tradition nur der Geist gemeint sein, der jetzt mit der Seele als Einheit erlebt wird. Damit wendet sich der Beschluß – vermutlich ohne daß die Tragweite überblickt wurde – gegen die Trichotomie des Menschen.

Aristoteles unterschied eine schaffende und eine leidende Vernunft. Die leidende Vernunft ist an den Leib gebunden und vergänglich mit ihm. Die schaffende Vernunft ist der ewige Geist. Dieser wurde aber unpersönlich gedacht. Er dringt nur von außen und vorübergehend, das heißt: zwischen Geburt und Tod, in die Leiblichkeit ein, indem er diese zurückdrängt: «Es bleibt aber übrig», schreibt Aristoteles, «daß allein der Geist von außen kommt und daß er allein göttlich ist.» Es handelt sich also um ein selbständiges Wesensglied, das aber nicht der menschlichen Persönlichkeit, sondern der ewigen und allgemeinen Gottheit eignet. Diese schaffende Geistseele wurde im Lauf der Jahrhunderte immer weniger als göttlich und immer mehr als menschlich erlebt, bis sie schließlich von der leidenden Leibseele nicht mehr unterschieden werden konnte. Der Geist zog ins Seeleninnere des Menschen. Und während früher die Gedanken als von Gott inspiriert erlebt wurden, hatte man seit dem neunten Jahrhundert das Gefühl, als bringe man sie selbsttätig hervor. Das ist der innere Grund für die Verurteilung der Zwei-Seelen-Lehre im Jahre 869. Den äußeren Anlaß mag Photius gegeben haben. (Den weiteren Hintergrund bildet in bezug auf das Glaubensbekenntnis der Streit um die von Rom verfügte Gleichsetzung des Sohnes mit dem Vater – filioque –, wodurch nach östlicher Auffassung der Geist herabgesetzt wurde.)

Der dogmatischen Festschreibung des Menschenbildes auf die Polarität von Leib und Seele wäre wenig Bedeutung beizumessen, wenn ihr nicht eine innere Realität zugrunde liegen würde. Sie ist für den symptomatologischen Geschichtsblick ein Wendepunkt wie die Wiedergeburt der Trichotomie in der Anthroposophie Steiners.

Bei Augustinus (354–430) findet sich noch folgende Formulierung: «Und drei sind die Teile, aus denen der Mensch besteht: der Geist, die Seele und der Leib. Man sagt aber auch, es seien nur zwei, weil man oft die Seele zusammen mit dem Geist nennt. In der Tat wird ein bestimmter vernünftiger Geist von ihr (den die Tiere nicht haben) Geist genannt, und das ist unser hauptsächlicher Geist.» Demgegenüber zitiert Thomas von Aquino zustimmend einen Autor aus dem achten Jahrhundert: «Wir glauben nicht, daß zwei Seelen in einem einzigen Menschen sind, wie Jacobus und andere Syrer schreiben: eine sinnliche, durch die der Körper beseelt würde und die ins Blut hineingemischt wäre, und eine andere, die geistige, die der Vernunft diente. Wir sagen vielmehr, daß ein und dieselbe Seele im Menschen ist, die den Körper durch ihre Verbindung [mit ihm] lebendig macht und sich selbst durch ihre Vernunft leitet.» So wurde im Fortgang des Geistlebens von Augustinus zu Thomas von Aquino aus dem ursprünglich dreigliedrigen Menschenbild die Zweiheit von Leib und Seele.

Das Erleben der Polarität von Leib und Seele führte dazu, daß in der Seele selbst der Geist geboren werden konnte als das Ich-Bin. Das Ich wird im weiteren Verlauf des Geisteslebens zum individualisierten Geist in der Seele, indem es sich scharf vom Leibe absetzt. Bei René Descartes im siebzehnten Jahrhundert erlebt sich das denkende Ich als Seeleninnerstes in seiner Unsterblichkeit, unabhängig vom Leibe – und der Leib wird zur Maschine. Bei Rudolf Steiner wird der individualisierte Geist nicht nur vom Leib, sondern auch von der Seele unterschieden, so daß die Trichotomie wiederhergestellt ist, aber so, daß der Geist nicht mehr als allgemeine Weltvernunft die Seele erfüllt, sondern individualisiert vom Einzel-Ich, wobei Seele und Leib eine Umwandlung erfahren.

Die Wiederherstellung der Trichotomie im Menschenbild durch Rudolf Steiner ist von allergrößter kulturhistorischer Bedeutung. Vor allem in der Pädagogik und in der Medizin sind die Früchte weithin sichtbar. Aber auch die Kunst erhält Sinn und Bedeutung nur aus der erneuerten Trichotomie. In dualistischer Weltsicht verliert die Kunst ihre Mission – die Seele über die Sinne zum Geist zu führen –, dient nur noch sich selber und wird unfruchtbar. Sie wird zur überflüssigen Randverzierung des Lebens oder wirkt kränkend.

In der Zwei wurde oft die Zahl des Bösen gesehen. Wenn man nur noch Gut und Böse unterscheidet, gerät auch das Gute in die Gefahr, zu viel des Guten zu werden: es verkehrt sich in sein Gegenteil. Wer nur noch Himmel und Hölle kennt, verleiht auch dem Himmel einen merkwürdig luziferischen Zug – oder die Erde wird zur Hölle, wie beispielsweise in Sartres Drama *Huis clos – Die Eingeschlossenen.*

Darum hat Aristoteles die Tugend als Mitte zwischen Zweien definiert. Und so bedeutet auch die dogmatische Festschreibung des Menschenbildes auf Leib und Seele nicht nur die «Abschaffung» des Geistes: *Die Seele ging ihrer Mittelstellung verlustig.* Sie ging in der Leiblichkeit unter oder löste sich im Geist auf. Die Tugend, um dem Sinnenrausch zu entfliehen, entartete zur falschen Askese. Und so geriet auch die Ästhetik in die dualistische Spannung zwischen Materie und Geist.

Selbst Hegel und Schelling, die sonst aus dem Prinzip der Drei denken, sind in bezug auf die Ästhetik der dualistischen Versuchung erlegen. Für sie ist das Schöne nur das «sinnliche Scheinen der Idee», wobei sie im Sinne

Platons in der Idee die eigentliche Wirklichkeit sehen, von der die Sinneswelt nur ein Abglanz ist. Darum soll im Sinne einseitig platonisch-dualistischer Ästhetik das Kunstwerk nicht die Sinneswelt, sondern die Ideenwelt abbilden. Nicht, was ist, sondern was sein sollte, ist Gegenstand künstlerischer Bemühungen.

In der zweiten Hälfte des neunzehnten Jahrhunderts dominiert die naturalistische Ästhetik, der ein mißverstandener Aristotelismus zugrunde liegt. Die Sinneswelt gilt als eigentliche Wirklichkeit, und die Idee wird entwertet. Abgebildet wird in der Kunst die Welt, wie sie sinnlich erscheint: das Leben, wie es ist.

Wer sich an die Materie klammert, läßt die Welt, wie sie ist. Wer sich in die Abstraktion flüchtet, läßt die Welt ebenfalls, wie sie ist. Nur im Erleben der Mitte kann die Kunst ihre Mission erfüllen: die Welt, ob materiell oder geistig, nicht abzubilden, sondern zu verwandeln. Der Impuls zur Verwandlung kam durch das Ereignis von Golgatha in die Welt. Golgatha ist das Mysterium der Mitte. In dieser Mitte liegt der Keim zur Erneuerung von Mensch und Welt. Aus diesem Keim entsteht wahre Kunst.

Aber das Erleben der Mitte wurde durch das achte ökumenische Konzil erschwert, indem der Geist zur seelischen Eigenschaft degradiert wurde. In der Folgezeit wurde die Seele zur leiblichen Eigenschaft – eine Anschauung, die im 20. Jahrhundert in der wissenschaftlichen Psychologie und in der Medizin dominiert. Die Kunst wurde zunächst allgemein und über Jahrhunderte vom Geist her definiert. Heute hat der Materialismus auch in der Ästhetik um sich gegriffen. Abstrakte Geistkunst und materialistische Willkür mit ihren entsprechenden Theorien stehen sich schroff gegenüber. Die Polarität steht im Vordergrund – auch in zahlreichen Mischformen. Die Keime zu einer neuen Ästhetik der Mitte können sich nur schwer entfalten.

Der Dualismus zeigt sich besonders deutlich in der Frage nach dem Schönen. Die Schönheit suchte man im Paradies oder – mit Platon – in der geistigen Sonne; die Häßlichkeit war Ausdruck des Bösen. Wie der Dualismus von Gut und Böse zu einer luziferischen Ethik führte, so der Dualismus von schön und häßlich zu einer luziferischen Ästhetik. Das Schönheitsideal bekam in der Geschichte der Ästhetik einen luziferischen Charakter, weil es einseitig der Häßlichkeit entgegengesetzt wurde. Schön war das Urschöne, die Schönheit Evas vor dem Fall. Es war identisch mit dem Wahren und Guten. Schön war der reine, vom Irdischen unberührte Geist. Zu ihm hatte sich der Künstler zu erheben. Häßlich war das bloß Vergängliche, das Irdisch-Tatsächliche, das in der Kunst zu meiden war – bis im neunzehnten Jahrhundert dann der Umschlag erfolgte.

Heute wird vielfach die bloße Häßlichkeit vergötzt. Worauf es ankommt, ist ein Drittes: das Schöne, das dem Häßlichen abgerungen wird. Die Darstellung des Nur-Schönen kann kein Ideal mehr sein, ebensowenig wie die Darstellung des Nur-Häßlichen.

Zusammenfassend und überspitzt ausgedrückt, kann man sagen: das achte ökumenische Konzil hat jahrhundertelang die Ausbildung einer christlichen Ästhetik verhindert. Im Grunde gelang erst Schiller der entscheidende Denkansatz in der Überwindung des Dualismus, der im 18. Jahrhundert durch Kant weiter erhärtet wurde.

Schiller hat erkannt, daß das Schöne durch den Formtrieb so wenig wie durch den Stofftrieb entsteht, weder durch Offenbarung des Geistes noch durch Offenbarung des Leibes, sondern in der Aufhebung der Polarität, für die er den Ausdruck «Spieltrieb» bildet. Der «Spieltrieb» entsteht im seelischen Freiraum zwischen Leib und Geist. Schiller hat die Ästhetik in ihre christliche Mitte gerückt. So wird sie Ästhetik der Freiheit.

Im Gespräch: Kunst als Wissenschaft – Wissenschaft als Kunst

Da im Wissen sowohl als in der Reflexion kein Ganzes zusammengebracht werden kann, weil jenem das Innere, dieser das Äußere fehlt, so müssen wir die Wissenschaft notwendig als Kunst denken, wenn wir von ihr irgendeine Art von Ganzheit erwarten.

Johann Wolfgang von Goethe

Frank Meyer im Gespräch mit Manfred Krüger

Frank Meyer:
Viele Menschen, Künstler und solche, die Kunst genießen, weigern sich, an Kunst einen wissenschaftlichen Anspruch heranzutragen. Sie suchen ja gerade das andere, das Nicht-Intellektuelle, das, was sie in ihrem Fühlen anspricht. Was schön ist, braucht nicht wahr zu sein. Je tiefer die Kunst in das unwirkliche Reich der Phantasie entführt, umso besser. – Sie sind Literaturwissenschaftler und Dichter zugleich. Müssen Sie beide Betätigungsfelder gegeneinander abgrenzen, oder befruchtet das eine das andere?
Manfred Krüger:
Das eine befruchtet das andere. Ich habe als Literaturwissenschaftler eine gewisse Urteilssicherheit gewonnen, die mir bei der Formulierung von Dichtung zugute kommt. Und umgekehrt habe ich schon in meine Dissertation Künstlerisches einfließen lassen. Meine literaturwissenschaftlichen und philosophischen Arbeiten haben essayistischen Charakter, sind also nicht nur «reine» Wissenschaft, sondern, zum Teil wenigstens, auch Kunst. Auf der anderen Seite wird man meinen Ge-

dichten anmerken, daß sie das Erkenntniselement betonen. Sie sind also nicht Kunst um der Kunst willen, sondern sie haben Wahrheitsanspruch. Ich stelle die Wahrheitsfrage, die viele Künstler nicht stellen.

FM:

– Sind nicht Wissenschaft, also auch Literaturwissenschaft, und Dichtung von ihrer Methode her zwei grundverschiedene Dinge? Der Wissenschaftler zergliedert, geht analytisch vor, während der Dichter nicht die Gesamtheit zergliedert und analysiert, sondern von ihrem intuitiven Erfassen ausgeht.

MK:

Ich habe Wissenschaft nie als nur zergliedernd aufgefaßt, sondern Wissenschaft ist für mich als Literaturwissenschaftler «schöne Wissenschaft». Das ist ein Begriff aus dem 18. Jahrhundert, der meint, daß ein zergliederndes Element Voraussetzung ist für ein Erkennen, aber nicht Endpunkt. Das, was zergliedert wird, muß im Essay wieder zur Synthese gebracht werden.

Ich betreibe nicht auf der einen Seite Wissenschaft, zergliedernd, und nebenher Kunst, sondern ich versuche, das Künstlerisch-Schöpferische in den wissenschaftlichen Prozeß einzufügen. Das ist schöne Wissenschaft.

In rein wissenschaftlichen Arbeiten spielt die *Form* der Darstellung keine Rolle: man vermittelt einen Inhalt, den man glaubt, erkannt zu haben. Nach meiner Auffassung ist die Formung ein Teil der Erkenntnisgewinnung. Ich vermittle also nicht ein Fertiges, das ich in Worte fasse und dem anderen mitteile, sondern in der

Formulierung selbst gewinne ich Erkenntnis. Der erste Teil des Erkenntnisprozesses ist zergliedernd. Der zweite Teil ist zusammenfügend, ist synthetisierend: das geschieht in der Formulierung. Dann wird daraus ein Essay im Unterschied zur wissenschaftlichen Abhandlung.

FM:

– Die Sprache spielt für Sie also eine entscheidende Rolle in bezug auf die Erkenntnis.

MK:

So ist es.

FM:

– Welche Bedeutung hat für den Zusammenhang von Kunst und Wissenschaft die Religion? Welche Bedeutung hat für Sie persönlich als Wissenschaftler und als Dichter das religiöse Element?

MK:

Anselm vom Canterbury sagte: «Ich glaube, um zu erkennen.» Ich kehre den Satz um: Ich erkenne, um zu glauben. Darum halte ich es auch mit Goethe: «Wer Wissenschaft und Kunst besitzt, hat auch Religion», verstehe dieses Wort aber etwas anders als viele andere. Ich habe bemerkt, daß das Wort von Goethe vielfach so verstanden wird, daß man für das Wörtchen «und» auch «oder» setzen könnte, oder daß man zunächst sein wissenschaftlich-zergliederndes Tun ausübt und dann nebenher als Ausgleich vielleicht einen Malkurs besucht oder Eurythmie macht. Ich verstehe das Wort so: Wer das Künstlerisch-Schöpferische verbinden kann mit dem Wissenschaftlichen, so daß es *eines* wird, hat Religion: dann entsteht das Dritte, dann entsteht religiöse Vertiefung. Das meinte ich vorhin mit «meditativer Durchdringung» eines Stoffes, die hat religiösen Charakter.

FM:

– Wie würden Sie den «religiösen Charakter» mit wenigen Worten beschreiben?

MK:

«Das Religiöse ist ein Verbindendes. Man kann das Wort Religion, auch wenn es eine falsche Etymologie ist, als «Verbindung» interpretieren, als «Wiederverbindung mit dem Göttlichen». Es ist eine Wiederanknüpfung an den göttlichen Urgrund der Welt. Das geschieht in der Meditation. Meditation heißt ja auch «Versenkung». Und wenn ich ein Literaturwerk erfahren will, muß ich mich in es versenken. Dann habe ich innere Erfahrungen, und dann kommt der schwierigere Teil: Nämlich – die innere Erfahrung zum Ausdruck zu bringen, so daß der andere sie verstehen kann. Das gehört zur Wissenschaft dazu. Deswegen sagte ich vorhin: Das ist der eigentliche Erkenntnisprozeß – das Heruntertragen in die Sprache. Eine innere Erfahrung ist zunächst sprachlos, aber solange ist sie noch keine Erkenntnis. Erkenntnis wird sie erst, wenn ich sie auch mitteilen kann. Die sprachlose Erkenntnis ist für mich keine Erkenntnis, ist allenfalls die Voraussetzung zur Erkenntnis, der erste Schritt, dem der zweite, wichtigere, folgen muß. So ist Wissenschaft für mich christliche Wissenschaft, ist mit-teilbar, oder sie ist nicht. Erkenntnis muß geteilt werden mit dem anderen, muß mitgeteilt werden.

FM:
– Also: Eine Erkenntnis wird in die Sprache getragen, wird in die Sprache geprägt.
MK:
Ja. Das Wort ist Sinnträger: der Logos, zu dem man hinfinden kann. Das ist die religiöse Vertiefung, wenn man Wissenschaft *und* Kunst, oder Wissenschaft, möchte ich sagen, jetzt abändernd das Goethe-Wort, *als* Kunst und umgekehrt Kunst als Wissenschaft betreibt: dann *wird* sie religiös, dann werden Dichtung und Wissenschaft Wege zum *Wort.*
FM:
– Dichtung im 20. Jahrhundert bewegt sich oft am Rande der Existenz. Sie ist oft dunkel, resignativ und nahe am Verstummen. Weder die äußere Welt noch die Innenwelt geben etwas her, was dieses Verstummen durchbrechen könnte. Gottfried Benn spricht, stellvertretend für viele, in einem Gedicht von dem «verlorenen Ich». Paul Celan nennt in einer Rede die Antwortlosigkeiten, furchtbares Verstummen und tausend Finsternisse, durch die die Sprache, durch die die Dichtung hindurch müsse. – Anthroposophie hingegen will in das Verstummen, in die Antwortlosigkeit gültige Antworten hineintragen. Sie will die Dunkelheit erhellen. – Welche Bedeutung kann denn für einen Menschen, der sich mit Anthroposophie befaßt, der bereits auf dem Wege zu gültigen Antworten ist, noch moderne Dichtung, die ganze äußere Kultur überhaupt haben? Hat er es noch nötig, sich der äußeren Kultur zuzuwenden und sich beispielsweise mit moderner Dichtung zu befassen?

MK:
Der moderne Dichter gibt keine Antworten. Das ist sicher richtig. Aber er versucht, die Frage zu vertiefen, und in der Vertiefung der Frage kann ein Weg zur Antwort gefunden werden. Der moderne Dichter versucht, den Leser auf einen Weg zu bringen. Das bedeutet für den Leser, daß er sich aktivieren muß. Moderne Dichtung setzt beim Leser den Willen voraus, innerlich mit einem Text zu arbeiten. Das entspricht der modernen Bewußtseinssituation. Der moderne Leser wird gar nicht vermissen, daß in der Dichtung keine Antwort ist. Vielleicht vermissen nur altmodische Leser die Antwort, die Leser von gestern. Gottfried Benn würde ich fragen: Welches Ich ist denn verlorengegangen? – Vielleicht ist nur das Ich verlorengegangen, von dem alle Okkultisten sagen, daß es verdient, verlorenzugehen. Steiner würde sagen: Das Ich muß verlorengehen, damit das Ich geboren wird – das wahre Ich nämlich. Wenn man sich den Erscheinungen der Welt aussetzt, dann wird auf dem «Wege nach innen» die Erscheinungsfülle sich reduzieren müssen. Daß der moderne Dichter immer wieder verstummt und reduziert und nicht die Fülle schildert, liegt daran, daß er eine tiefere Dimension der Wirklichkeit erreichen möchte als herkömmliche Dichtung. Im einzelnen müßte man das untersuchen – ich sehe jedenfalls in der modernen Dichtung Ansätze einer Bewußtseinsvertiefung, einer wirklichen Berührung des Geistes und nicht nur ein Reden *über* den Geist. In Gedankenlyrik wird *über* den Geist geredet. Moderne Lyrik ist aber nicht Gedanken-

lyrik, sondern ist Denklyrik. Sie nähert sich dem Aphorismus.

FM:

– Sie sagen: moderne Dichtung will aktivieren. Hängt damit ihre schwere Verständlichkeit zusammen? Hängt damit zusammen, daß sie auf tragende Elemente der Sprache, wie den Reim, die unmittelbar das Gemüt ansprechen, verzichtet?

MK:

In herkömmlicher Lyrik, die Reim, ein festes Metrum und eine feste Strophenform aufweist, fühlt sich die Seele getragen. Ein Reimwort fordert das nächste, es ruft das nächste hervor, und die Seele schwingt mit. Darauf verzichtet der moderne Dichter in der Regel, weil er einen anderen Bewußtseinsgrad erreichen möchte. Das Ich geht nicht verloren, wie Benn sagt, sondern es wird überhaupt erst geboren, in der Überwindung des gewöhnlichen Ich, das sich an Äußerlichkeiten festhält. Das wahre Ich braucht nicht getragen zu werden, es trägt sich selber. Ich rede auch von dem, was Rudolf Steiner «Wahrspruchwort» nennt. Da ist auch kein Reim und kein festes Metrum. Aber da wird das Ich des Lesers aktiviert, um einen Denkweg zu beschreiten; anders als in einer philosophischen Abhandlung, bei der das «mantrische Element» fehlt. Man findet in der modernen Dichtung bei einer ganzen Reihe von Autoren Ansätze zum Meditativen, zur mantrischen Formulierung. Das ist das, was mich an der modernen Dichtung interessiert, warum ich mich auch auf diesem Gebiete versucht habe: also der Übergang vom Gedicht zum

Mantram, vom Gedicht zur Meditation und umgekehrt aus der Meditation heraus die Formulierung ins Dichterische – der Grenzweg zwischen Gedicht und Meditation. Ein gereimtes Gedicht kann man nicht meditieren. Man kann es aber als Literaturwissenschaftler meditativ erfassen. Die Endreimlyrik spricht das Gemüt an. Und noch früher, im mittelalterlichen Stabreim wurde der Wille angesprochen. Die Seele, die hellwach, bewußt den Geist berührt, kann sich nicht vom Reimwort tragen lassen, weil der Geist da nicht unmittelbar berührt wird, sondern mittelbar: durch Klang und Sinnlichkeit.

Moderne Lyrik kann bilderreich sein, verzichtet aber auf Sinnlichkeit. Das klingt widersprüchlich, aber vielleicht verstehen Sie, was ich damit meine. Es sollen innere Bilder entstehen, nicht äußere. Wenn man zu sehr äußerlich schildert, entstehen innere Bilder nur schwer oder nur mittelbar und nicht unmittelbar. Das Bild sollte aus der Abstraktion entspringen. Nicht aus der Sinnlichkeit, sondern aus der Abstraktion von der Sinnlichkeit. Ich abstrahiere von der Sinneswelt, damit ein inneres Bild entsteht ...

FM:

– das dann wieder in der Sinneswelt erscheinen kann ...

MK:

... das aber bei dem einen oder anderen unterschiedlich ist. Der Leser ist freigelassen. Damit bei dem Leser ein Bild entsteht, bedarf es einer Arbeit. In traditioneller Lyrik entstehen Bilder automatisch, sie werden assoziiert. Bestimmte Klänge wecken bestimmte Bilder, oder auch bestimmte Motive, die in der herkömmlichen Lyrik auftreten, erwecken bestimmte Assoziationen. In der modernen Lyrik wird die herkömmliche Symbolik nicht mehr benutzt. Man findet eine persönliche, ganz individuelle Symbolik, die nicht bestimmte vorgegebene Assoziationen weckt.

FM:

– Das heißt doch dann aber: Wenn eine individuelle Symbolik vorhanden ist, entzieht sich das Gedicht der verstandesmäßigen Interpretation, denn es ist kein festes Bezugssystem gegeben.

MK:

Ja, zumindest der vordergründig eindeutigen Interpretation. Große Kunst ist natürlich niemals eindeutig. Es gibt nicht eine Interpretation von Goethes «Faust» oder von Dantes «Komödie». Es gibt, wenn es tausend Interpreten gibt, tausend Interpretationen – das gilt für alle Kunst. In der Moderne setzt dieser Weg einer persönlichen oder individuellen Symbolik etwa mit Gérard de Nerval und Baudelaire in der Mitte des 19. Jahrhunderts ein. Ab der Mitte des 19. Jahrhunderts etwa kann man von moderner Lyrik sprechen. Mit Nerval und Baudelaire habe ich mich nicht nur wissenschaftlich, sondern auch künstlerisch auseinandergesetzt. Ich habe zum Beispiel Nerval übersetzt; ich bin in seine Schaffensweise als Übersetzer eingedrungen.

FM:

– Wäre das, was Sie jetzt nennen «Eindringen in die Schaffensweise», das, was Sie vorhin abstrakt charakterisierten als Zusammenwirken von Wissenschaft und Kunst?

MK:

Ja, bei der Übersetzung von Kunst ist man in diesem Bereich, da wirkt von vornherein beides zusammen. Eine nur wissenschaftliche Übersetzung ist eine schlechte, eine gute Übersetzung ist immer künstlerisch. – Ich habe durch das Übersetzen sehr viel gelernt, sehr viel.

FM:

– Sie sagten vorhin, wenn Sie ein Gedicht schreiben, schreiben Sie es für einen Leser. *Brauchen* Sie denn als Dichter ein Publikum?

MK:

Jeder Künstler braucht ein Publikum. Daß wir wenig Publikum haben, meistens, ist ... schmerzlich. Der Künstler, der nur für sich schreibt oder malt, ist kein Ideal. Er braucht den anderen. Aber der Wissenschaftler braucht ihn auch.

FM:

– *Wozu* braucht der Dichter den anderen? Braucht er ihn als jemand, der Fragen stellt oder dadurch dem Schaffen Anregung gibt? Braucht er ihn als jemand, der ihn vielleicht korrigiert? Der ihn auf ihm selbst verborgene Seiten seines Wesens aufmerksam macht? – Spielt der andere, der das Gedicht liest, für den künstlerischen Prozeß des Schreibens eine Rolle, oder beginnt seine Aufgabe erst dann, wenn er das Gedicht entgegengenommen hat?

MK:

Das ist wohl vom einen zum anderen unterschiedlich. Ich kann nur von mir sagen, wenn ich ein Gedicht schreibe, dann will ich damit andere Menschen zu bestimmten inneren Erfahrungen anregen. Wenn niemand das zur Kenntnis nähme, dann wäre diese Arbeit umsonst gewesen. Das Gedicht wird erst wirklich dadurch, daß es jemand liest – und auch eine entsprechende Erfahrung macht.

FM:

– Ist es für Sie von vornherein wichtig, eine Sprache zu finden, die der andere auch versteht? Oder sind Sie dem, was Sie als Gedicht verwirklichen wollen, so sehr verpflichtet, daß Sie gar nicht darauf Rücksicht nehmen können, ob es der andere überhaupt versteht?

MK:

Es ist mir von Freunden vielfach gesagt worden, daß meine Gedichte schwer verständlich seien. Dazu kann ich nur sagen: wenn die Gedichte das Ziel haben, den anderen auf einen Weg zu bringen, auf dem er Erfahrungen macht, dann kann ich nicht so schreiben, daß der andere gleich versteht, denn dann würde er ja keine Erfahrungen machen. Ich gehe also das Risiko, weniger Erfolg zu haben, bewußt ein, indem ich hermetisch schreibe. Der Leser guckt und sieht auf den ersten Blick: «Versteh' ich nicht.» Dann legt er das Buch weg. Der Leser aber, der sagt «versteh' ich nicht» und dann nochmal liest und dann sagt: «Jetzt habe ich wenigstens den Ansatz eines Verständnisses» und dann beim dritten Mal noch etwas mehr, das ist der richtige Leser. Diesen Leser suche ich. – Man muß mit dem Gedicht eine Erfahrung machen. Man kann es nicht «einfach» lesen, weil es nicht Wissen vermittelt und schon gar nicht das, was der andere schon hat. Ein Gedicht würde umso mehr Erfolg haben, je mehr der Dichter die Meinungen ausspricht, die der Leser schon hat. Anspruchsvolle Dichtung wird sich zunächst immer mit einem kleineren Leserkreis zufrieden geben müssen. Das hängt eben damit zusammen, daß die Kunst einen Erkenntnisanspruch hat, womit wir ja das Gespräch begonnen haben, sie ist nicht bloß zum Genuß da. – Ich will aber nicht Erkenntnisse mitteilen, sondern ich schreibe mit dem Aufklärungsprinzip: den anderen instand setzen, selber zur Erkenntnis zu kommen.

(Nach einer Tonbandaufzeichnung aus dem Jahr 1984.)